LA RÉVÉLATION DE NOAH

OURS DE RED LODGE - 2

KAYLA GABRIEL

La Révélation de Noah
Copyright © 2020 par Kayla Gabriel

Tous droits réservés. Aucune partie de ce livre ne peut être reproduite ou transmise sous quelque forme que ce soit ou de quelque manière, électrique, digitale ou mécanique. Cela comprend mais n'est pas limité à la photocopie, l'enregistrement, le scannage ou tout type de stockage de données et de système de recherche sans l'accord écrit et expresse de l'auteure.

Publié par Kayla Gabriel
La Révélation de Noah

Crédit pour les Images/Photo : Deposit Photos: photocosma, kiuikson
Note de l'éditeur :

Ce livre a été écrit pour un public adulte. Ce livre peut contenir des scènes de sexe explicite. Les activités sexuelles inclues dans ce livre sont strictement des fantaisies destinées à des adultes et toute activité ou risque pris par les personnages fictifs dans cette histoire ne sont ni approuvés ni encouragés par l'auteur ou l'éditeur.

BULLETIN FRANÇAISE

REJOIGNEZ MA LISTE DE CONTACTS POUR ÊTRE DANS LES PREMIERS A CONNAÎTRE LES NOUVELLES SORTIES, OBTENIR DES TARIFS PREFERENTIELS ET DES EXTRAITS

https://kaylagabriel.com/bulletin-francais/

1

« Alors, qu'est-ce que tu en penses ? » demanda Aubrey. Elle s'arrêta sur les marches qui descendaient au salon depuis la cuisine, l'air d'attendre quelque chose. Depuis sa place sur le canapé, la lumière éclatante de la cuisine soulignait à la perfection sa silhouette en forme de sablier.

« De toi ? » demanda Luke, en laissant son regard se promener sur elle de la tête aux pieds. De longues mèches rouille sombre se déversaient dans son dos et sur ses épaules, formant des vagues épaisses qui s'achevaient au niveau de sa taille. Elle portait une robe noire moulante dont la taille était ornée d'une fine ceinture de cuir verni. Assortie de chaussures à talons aiguilles rouge cerise préférées, l'ensemble exploitait tout le potentiel de chaque délicieux centimètre de sa silhouette plantureuse.

Luke lui adressa un lent sourire malicieux, et Aubrey soupira en feignant l'exaspération.

« Pas de moi, de la maison ! » dit-elle en levant les yeux au ciel. Elle descendit, ses talons cliquetant distinctement sur le sol, le balancement de ses hanches détournant son attention... une fois de plus.

Tout en s'installant sur le canapé à côté de Luke, Aubrey saisit l'ordinateur portable qu'il avait abandonné sur la table basse. Elle travailla dessus pendant un moment, les sourcils froncés, puis finit par tourner l'ordinateur vers lui.

« C'est celle-ci qui me plaît le plus, je pense, dit Aubrey. La maison est plus grande que ce que j'avais prévu de prendre pour moi toute seule, mais il y a une jolie cour. Et... c'est à côté de beaucoup de bonnes écoles.

— Des écoles, hein ? demanda Luke en haussant un sourcil noir. Je ne savais pas qu'on se souciait déjà de ça. »

Aubrey rougit jusqu'à la racine flamboyante de ses cheveux, en haussant une épaule d'un air désinvolte.

« Je cherche seulement ce qui nous intéresse, c'est tout, » dit-elle.

Luke se pencha vers elle et déposa un baiser sur son épaule nue avant de reporter son attention sur l'ordinateur portable. Ses doigts tapotèrent le pavé tactile tandis qu'il examinait les photos que Aubrey avait présentées, en pinçant pensivement les lèvres. C'était vraiment une grande maison, lumineuse et aérée.

Il referma l'ordinateur portable avec un bruit sec et regarda longuement Aubrey.

« Le truc avec cette histoire de maisons — commença-t-il, mais sa partenaire le coupa.

— C'est trop ? Elle est trop grande, pas vrai ? Tu crois qu'on précipite les choses, en achetant une maison alors que le mariage n'a même pas encore eu lieu ? s'emballa Aubrey en croisant ses mains sur ses genoux.

— Aub, soupira Luke.

— Ça ne fait rien, on n'a qu'à simplement attendre, » Aubrey.

La manière dont ses épaules s'affaissèrent à cette idée

faillit le faire rire. Lorsque sa partenaire ressentait quelque chose, elle le ressentait de tout son cœur et y mettait toute sa force considérable. Luke tendit la main et prit la sienne, caressant de son pouce la bague étincelante de diamant et saphir qui ornait sa main gauche. La bague qu'il lui avait passée au doigt quand il lui avait demandé d'être sa partenaire, juste après avoir promis qu'il lui offrirait le monde entier.

Il en pensait chaque mot, et rien n'aurait pu diminuer son engagement envers Aubrey Rose Umbridge. En réalité, son obsession pour elle, pour le fait de la voir heureuse et comblée, augmentait chaque jour qu'ils passaient ensemble.

« Aubrey, dit Luke, la coupant avant qu'elle n'ait le temps de poursuivre sa diatribe. Le truc avec cette histoire de maison, c'est que ça dépend entièrement de toi. San Francisco, c'est ta ville, c'est toi qui la connais le mieux. Et je me fiche de savoir combien il y a de chambres, ou à quoi ressemble le jardin, ou si on a un dressing. Tout ça, ce n'est que la cerise sur le gâteau, mon cœur. »

Le soulagement immédiat et flagrant d'Aubrey le fit glousser.

« Tu en es sûr, Luke ? demanda-t-elle en tournant sa main pour glisser ses doigts entre les siens.

— J'en suis tout à fait sûr. Si la maison te plaît, prenons-la et remplissons-la de nos meubles et de nos vêtements... et peut-être quelques gosses pour ces supers écoles, hein ? »

Aubrey rougit à nouveau, mais sur ses lèvres se formèrent un doux sourire.

« Ça me plairait bien, » murmura-t-elle en posant sa main sur sa mâchoire et en effleurant ses lèvres des siennes.

Le téléphone de Luke sonna, les faisant tous deux sursauter. Il soupira en voyant le texto de son frère Gavin.

Finn et Noah n'ont toujours pas réglé leur problème. Y'a même pas moyen de les mettre ensemble dans la même pièce, disait le texto. Un autre bourdonnement, un autre texto. Celui-ci disait : *L'aide du frère aîné serait vraiment la bienvenue sur ce coup-là...*

Luke leva les yeux vers Aubrey, un drôle de sourire soulevant les coins de ses lèvres.

« Qu'est-ce que tu dirais d'un petit tour vite-fait dans le Montana ? » demanda-t-il.

2

Luke était debout sous le péristyle du Chalet, le regard perdu dans les ténèbres. C'était si étrange d'être de retour ici. Si étrange et paisible. Le rire de sa partenaire lui parvenait depuis le salon, où la mère de Luke divertissait indubitablement Aubrey avec une avalanche de photos d'enfance gênantes de Luke et ses frères. Bien qu'il n'eût jamais douté de la valeur d'Aubrey, le fait qu'elle et sa mère se fussent immédiatement bien entendues avait apaisé quelque chose tout au fond de la conscience de Luke.

En dépit de toute sa générosité, de sa force et de sa beauté, sa partenaire n'était pas toujours de tout repos. Ce qui, réfléchit Luke, ne la rendait pas très différente de Genny Beran elle-même. Le dicton disait bien que les hommes épousaient leurs mères, après tout. En observant Aubrey et sa mère ensemble, il comprenait le bon sens de cette expression. Elles étaient toutes les deux têtues mais solidaires, douces mais farouches, généreuses mais exigeantes.

Luke se crispa en entendant les pas de pieds nus derrière lui. Il s'efforça de rester immobile, en se rappelant que cet endroit était sûr. Un instant plus tard, il se retournait et trouvait Noah juste derrière lui.

« On va faire un tour ? » demanda Luke à son frère.

Noah haussa un sourcil, probablement surpris car Luke préférait d'ordinaire la solitude par-dessus tout. Il haussa les épaules et hocha la tête, et les deux frères descendirent tous deux de la terrasse. Les craquements, bruits de déchirures et grincements familiers résonnèrent doucement dans la nuit tandis qu'ils se transformaient tous les deux, laissant deux immenses grizzlis debout côte à côte.

Luke s'éloigna au petit trot, en direction de l'un de leurs endroits favoris, à moins d'un kilomètres. Noah, à côté de lui, le suivait sans se presser ; même sous leur forme d'ours, Luke devinait que quelque chose le tracassait. La tension avec Finn semblait l'épuiser.

Luke prit le chemin le plus long, faisant le tour jusqu'à un affleurement rocheux que les garçons Beran privilégiaient étant petits. Juste au-dessous se trouvait un petit étang, un endroit où ils se rendaient souvent pendant l'été. À cet instant, cependant, Luke avait l'intention de parler à Noah, d'essayer d'arranger les choses entre lui et Finn. Ayant connu les jumeaux à chaque instant de leur vie, Luke ne doutait pas une seule seconde que Noah fût à l'origine du conflit, d'une manière ou d'une autre. Ça ne ressemblait tout simplement pas à Finn, de chercher les ennuis avec son frère.

Luke se transforma et s'étira, chassant les effets consécutifs au changement. Il s'étendit de tout son long sur un côté du large rocher plat, allongé sur le dos à regarder les étoiles. Noah se trouva une place à un peu plus d'un mètre de là, s'allongea de même et glissa ses mains derrière sa tête tandis qu'il contemplait les cieux chargés d'étoiles.

Pendant un long moment, aucun ne parla. Luke se contentait d'observer et d'écouter, absorbant toute cette beauté naturelle qui lui manquait si désespérément chaque fois qu'il mettait les pieds en ville, dans n'importe quelle ville. Il sentit que le souffle de Noah devenait plus régulier et sut qu'il fallait qu'il prenne la parole s'il voulait parler à son frère avant que celui-ci ne s'assoupisse.

« Est-ce que tu savais que P'pa a un jumeau ? » demanda Luke. Il ne regarda pas Noah, mais il devina que son frère n'était plus du tout en train de s'assoupir.

« Non, » dit Noah après un long moment de silence, d'une voix tendue. D'une manière ou d'une autre, il savait de quoi Luke voulait parler, et se montrait déjà buté sur le sujet.

« Écoute-moi jusqu'au bout. Je ne te demande pas beaucoup de faveurs, » insista Luke. Voyant que Noah restait immobile et silencieux, il poursuivit. « P'pa avait un jumeau, plus âgé que lui de quelques minutes. Jéricho »

Plusieurs longues secondes passèrent.

« Avait ? demanda Noah, dont la curiosité avait pris le dessus.

— Avait. Je ne connais que de petits bouts de l'histoire, mais Tante Lindsay disait qu'ils avaient eu une dispute monumentale à propos d'une fille. P'pa et Jéricho étaient tous les deux tellement cabochards, d'après ce que disait Tante Lindsay, que ça a été la goutte qui a fait déborder le vase. Jéricho s'est tiré, il a emmené la fille avec lui, et il n'est jamais revenu. Grand-Mère Anne recevait une carte postale de Jéricho tous les ans à Noël, et c'était tout. »

Noah sembla réfléchir aux paroles de Luke pendant une minute.

« C'est une triste histoire, » conclut Noah.

Luke se redressa en position assise et le foudroya d'un regard dur et écrasant.

« J'essaie de faire un parallèle, là, Noah. P'pa était le jumeau dominant, tout comme toi. J'imagine qu'il était aussi chiant que toi, lui aussi.

— Et ce sont tes oignons parce que… ? fit sèchement Noah.

— Ce sont mes oignons si tu pousses un membre de la famille à partir. Je ne sais pas ce que tu as fait pour rendre Finn aussi furieux, mais tu ferais mieux de le défaire, et fissa, lui dit Luke.

— Je ne peux pas défaire ce que je ne comprends pas, » dit Noah en se mettant debout. Luke se leva en secouant la tête.

« Il ne va pas attendre toute sa vie dans un coin, en te regardant comme si tu étais la seule étoile du ciel. Il faut que tu lui parles, que tu comprennes ce qui se passe. Je veux que ce soit réglé avant que vous ne partiez tous pour Saint-Louis. »

Noah poussa un grognement et se retourna, puis se métamorphosa dans un bond fluide et atterrit sous sa forme d'ours. Luke grimaça, sachant qu'une métamorphose aussi tape-à-l'œil était très douloureuse. Noah s'éloigna à grands pas sans s'arrêter, bien qu'il traînât la patte. Luke se contenta de pousser un soupir dédaigneux, en se disant que ce moment résumait Noah Beran à la perfection.

3

Noah Beran remua dans le siège étroit de l'avion, en s'efforçant de se concentrer sur l'écran de l'ordinateur portable ouvert devant lui. Les voix de ses parents et de ses frères s'élevaient et retombaient tout autour de lui, s'insinuant dans sa conscience malgré le fait que ses écouteurs jouait de la musique doucement.

Il leva l'accoudoir entre lui et le siège vide à côté de lui, heureux qu'au moins ses parents eussent privatisé le compartiment de première classe du vol de Billings à Saint-Louis. C'était un geste dérisoire, au vu des exigences extravagantes que son père avait formulées récemment. Au moins il pouvait s'étaler un peu pendant le vol et travailler un peu. Cela permettait également à Noah de continuer de remettre à plus tard une conversation qu'il aurait dû avoir depuis longtemps avec son frère jumeau, Finn.

Cette conversation aurait lieu, il ne pourrait pas l'éviter éternellement. Mais à la suite du décret du Conseil des Alphas selon lequel tous les ours Berserkers correspondant aux critères devaient prendre un ou une partenaire, il avait été facile pour Noah de s'éclipser pour rechercher la solitude.

Le premier gros événement social pour encourager la formation de couples, un immense bal campagnard donné chez ses parents à Red Lodge, avait refroidi Noah pendant une bonne semaine.

Et ils étaient désormais dans les airs, en chemin vers un autre énorme rassemblement, un autre ensemble de familles d'Alpha, d'autres femmes célibataires, et, si l'univers se montrait clément, un autre bar à volonté où Noah pourrait oublier tout ce scénario ridicule.

Noah regarda sa famille autour de lui dans la cabine : sa mère et son père assis à l'arrière, en train d'avoir ce qui semblait être une discussion enflammée. Genny Beran était sans nul doute en train d'essayer de convaincre son partenaire d'adopter une attitude plus modérée et raisonnable, quel que pût être le sujet, et Josiah résistait de toute la force de sa volonté.

Gavin et Luke étaient à moitié debout dans leurs rangées respectives de l'autre côté de l'allée centrale, en face de Noah, et discutaient aimablement par-dessus les sièges. Étant les deux frères qui vivaient le plus près de la maison, ils se voyaient beaucoup plus souvent que tous les autres hommes de la famille Beran.

Les grands pieds de Cameron dépassaient deux rangées devant Noah. Il était allongé, sans doute en proie à une extrême nausée. Cam avait le mal de l'air, de mer et de la route depuis qu'il était né, ce que Noah trouvait de plus en plus drôle à mesure que Cameron devenait de plus en plus grand et dominant chaque année qui passait. Un grand ours métamorphe costaud au teint verdâtre était diablement drôle, surtout pour ses frères Berserkers tout aussi grands et costauds que lui.

Noah battit des paupières et son regard revint sur l'écran de son ordinateur. Il fit défiler encore une douzaine de photos de sa dernière mission, un long séjour en Libye dans le but de capturer ce que son rédacteur appelait pour plaisanter « des moments véritablement poignants sur pellicule ». Il y avait désormais presque dix ans que Noah travaillait pour la Tribune, où il avait commencé tout en bas de l'échelle en remplissant des rouleaux de pellicule d'histoires tartes, sur des pompiers qui sauvaient des chats et des championnes du bon de réduction. À présent, la Tribune se contentait de lui attribuer un coin du monde et de l'y envoyer, sachant qu'il reviendrait avec la marchandise. Une longue histoire touchante sur la pauvreté et l'absolution et des photographies aux couleurs vives d'événements culturels sacrés. Noah savait ce que les rédacteurs adoraient ; il avait plusieurs cartons de trophées de journalisme qui traînaient dans le salon de son appartement presque vide à Los Angeles, qui prouvaient sa compétence et sa valeur.

Noah ferma les yeux et laissa sa tête basculer en arrière, réprimant un soupir de colère. Il laissa la musique dans ses écouteurs le submerger, bercé par les sons de son album préféré d'Arcade Fire. Il ne dormait pas bien ces derniers temps. Non, ce n'était pas ça. Il ne dormait pas bien depuis environ un an, depuis que sa mission au Laos avait pris une très mauvaise tournure.

Repoussant ces sombres pensées qui menaçaient de remonter, Noah fronça les sourcils en sentant le siège à côté de lui s'affaisser. Il ouvrit les yeux, sachant déjà ce qu'il allait voir : lui-même, reflété à la perfection. Pourquoi avoir un miroir quand on avait un jumeau identique ?

« Finn, » dit Noah en conservant un ton mesuré. Il retira ses écouteurs et tendit la main pour former son ordinateur portable.

« Grand frère, chantonna Fin avec un demi-sourire.

— Seulement de sept minutes, » dit Noah, qui se détendit tandis qu'il s'alignait sur ce rythme fraternel qu'il connaissait depuis sa naissance. Noah regarda Finn de la tête aux pieds et nota que son frère avait coupé ses cheveux foncés au ras du cuir chevelu. Noah préférait garder les siens très courts sur les côtés mais plus longs sur le dessus, laissant les mèches châtain décolorées par le soleil pousser en un style élégamment désordonné qui semblait plaire aux femmes.

Ils avaient les mêmes larges sourcils noirs, le même nez finement ciselé et la même mâchoire ferme. Ils avaient tous deux de larges sourires éclatants que les dames adoraient, surtout lorsque Noah et Finn étaient assis côte à côte. Bien que Noah eût passé d'innombrables heures sous l'intense soleil équatorial, lui et Finn partageaient la même peau profondément hâlée. Ils étaient grands et musclés, moins larges d'épaules que leurs frères plus massifs, leurs bras et leurs jambes plus élégamment sculptés que ceux de Luke, Gavin ou Wyatt. Sur des hommes plus petits, ils auraient pu sembler maigrichons, mais Noah et Finn étaient simplement élancés.

Et puis il y avait le plus beau des traits de Noah, et de ce fait celui de Finn également : leurs yeux d'un bleu-vert éclatant, exactement de la couleur de l'océan avant une tempête, avec des pupilles relevées d'un soupçon de jaune canari. Lorsque Noah était heureux, ses yeux attiraient les gens par troupeaux. En colère, ils les faisaient fuir de la même manière, lançant des éclairs de fureur. En matière d'expression et de cœur, chez les hommes de la famille Beran, tout était dans les yeux.

Noah ferma brièvement les yeux, en s'étonnant de cette anomalie génétique qui ne concernait pas que son frère jumeau, mais toute sa famille.

« Tu as l'air exténué. Ce n'est sûrement pas à cause du vol, puisque c'est toi, le voyageur international de la famille, » dit Finn en penchant la tête. Noah ouvrit les yeux et sentit sa propre tête s'incliner sur le côté, imitant les mouvements de son frère. Encore un trait agaçant de leur gémellité dont aucun des deux ne semblait parvenir à s'en débarrasser, quelle que fût la distance qui les séparait.

« Je ne dors pas bien en ce moment, dit Noah en redressant sa position imitée.

— Bon sang, depuis que P'pa nous a dit que le Conseil des Alpha nous avait pratiquement mariés de force, je n'arrête pas de m'agiter dans mon lit.

— C'est vrai ? En partageant ta chambre depuis quelques nuits, je l'ai à peine remarqué, » dit Noah. Il n'avait pas à craindre que son sarcasme eût échappé à Finn ; contrairement à toute autre personne au monde, son jumeau interprétait correctement le ton de sa voix à chaque fois.

« Hé, c'est pas ma faute si M'man a transformé ta chambre en atelier de poterie. C'est toi qui n'es pas rentré à la maison une seule fois en deux ans. »

L'accusation flagrante dans le ton de son frère n'échappa pas à Noah, bien que ses paroles eussent pu paraître amicales et anodines pour quiconque d'autre les eût écoutés. Il adressa à Finn l'ombre d'un sourire et secoua la tête.

« J'étais occupé, répondit Noah en haussant les épaules.

— Tu as manqué beaucoup de choses, l'informa Finn en se calant dans son siège et en tournant son regard vers l'avant.

— Ah ouais ? Comme quoi ? Les vaches naissent, les chevaux meurent, les présidents américains font honte à leur pays… Noah agita négligemment la main.

— Ouais. Parce qu'il ne peut rien se passer d'intéressant à Red Lodge. Les seules choses pour lesquelles il vaille la peine d'être présent sont là, dehors, dans le grand au-delà, dit Finn en agitant la main tout comme l'avait fait Noah.

— Finn…

— Ne t'en fais pas pour ça, Noé, dit Finn, faisant grimacer Noah en utilisant son surnom d'enfance. On sait tous que tu es trop occupé et important pour venir à la maison. Ou envoyer un e-mail, ou appeler. Ou même envoyer un texto. Ce n'est pas comme si M'man ne t'avait pas acheté un téléphone satellite, justement pour que tu puisses nous contacter de n'importe où dans le monde, n'importe quand.

— Ce téléphone a rendu l'âme. Il y a environ quatre téléphones satellites de ça, en réalité. Dans tous les cas, je passe de longues périodes sans électricité pour éclairer les maisons, encore moins pour brancher un téléphone et un ordinateur portable. La Libye est trop occupée à se battre pour se libérer de l'oppression de son gouvernement. Il y a des gens qui ont des soucis plus importants. »

Finn renifla.

« C'est ça. Tu es un explorateur, un aventurier, qui sauve le monde à coups d'articles dans la Tribune. Et nous autres, on est tous là, assis, à se la couler douce.

— Ce n'est pas ce que j'ai dit, fit sèchement Noah.

— Tu ne dis pas grand-chose ces temps-ci. J'ai davantage de nouvelles de Luke que de toi, et lui, il faisait la guerre. Littéralement.

— On vit tous à notre propre manière, dit Noah

— Ouais. Ta manière à toi, c'est la haute voltige, la vie à cent à l'heure, et la mienne est rasoir et vide de sens. Je comprends. »

En regardant dans sa direction, Noah s'aperçut que son frère était une fois de plus dans la même position que lui. Les bras croisés, la mâchoire crispée, le regard rivé devant lui comme s'il cherchait à en transpercer les sièges devant eux.

« Noah ! » appela sa mère. Noah s'affaissa littéralement de soulagement dans son siège. Il ne voulait vraiment pas de ce conflit avec Finn, et à présent qu'il avait commencé, il ne savait pas comment y mettre un terme. Était-il censé s'excuser d'avoir vécu sa vie, en laissant Red Lodge derrière lui ? Ça semblait dingue.

« Le devoir m'appelle, » dit Noah en se levant et en dépassant Finn pour passer dans l'allée centrale. Son père était passé à l'avant pour discuter avec Gavin, aussi Noah se laissa-t-il tomber sur le siège vide à côté de sa mère.

« M'dame, » répondit Noah. Sa mère lui sourit avec douceur et posa sa petite main délicate sur la sienne. Elle le touchait tout le temps quand il était à la maison, comme si elle n'était pas sûre qu'il fût réel.

« À présent, écoute. À propos de ce rassemblement où on va, dit M'man en posant sur lui un regard scrutateur.

— Ah, oui. La formidable ville de Saint-Louis. Comme elle s'appelle, dit Noah en donnant à ses mots une tonalité shakespearienne.

— Je veux que tu essaies, d'accord ? J'ai prévu quelque chose de spécial pour toi. »

Noah haussa un sourcil.

« Et qu'est-ce que ça pourrait bien être ? Une visite de l'Arche, peut-être ? »

M'man éclata de rire et secoua la tête, refusant de prendre ses paroles comme une méchanceté.

« Non, mieux que ça. Je t'ai trouvé une journaliste, dit-elle.

— Une journaliste.

— Oui. La fille de l'Alpha Krall.

— C'est quoi, une présentatrice météo ou un truc comme ça ? demanda Noah, soupçonneux.

— Non, elle couvre les affaires politiques. À Washington, répliqua sa mère en le regardant fermement.

— La politique, hein ? » Noah était touché du fait que sa mère eût seulement pensé à lui, étant donné qu'elle avait cinq autres fils et que la plupart d'entre eux rentraient à la maison une fois de temps en temps.

« Oui. Elle s'appelle Abby et elle est censée être très jolie et très intelligente. Ta Tante Susan connaît plutôt bien le clan Krall, et quand elle m'a parlé d'Abby, j'ai pensé à toi. »

Noah était tout sauf intéressé par l'idée d'être casé par sa mère et Tante Susan, mais il n'allait pas se montrer malpoli. Au moins, comme ça, il aurait quelqu'un d'intéressant à qui parler au rassemblement.

« Merci, M'man, dit-il en se penchant pour la serrer dans ses bras.

— Je veux que tu gardes Finn près de toi pendant le rassemblement, exigea-t-elle en pointant gravement son doigt sur lui.

— Pour m'éviter les ennuis ? » demanda Noah. Une plaisanterie… en grande partie.

M'man lui adressa une expression insondable, avec, dans le regard, une inquiétude évidente.

« Ça vaut mieux pour vous deux quand vous êtes ensemble, non que l'un de vous deux ait la sagesse de s'en rendre compte, le réprimanda-t-elle.

— Ah, donc c'est moi qui m'occupe de Finn cette fois, » la taquina Noah. Sa mère leva les yeux au ciel et soupira.

« Fais simplement ce que je te demande, pour une fois ?

— Tout ce que tu voudras, M'man, » promit Noah avec un petit rire.

Les plafonniers s'allumèrent tout à coup, et les voyants des ceintures de sécurité se mirent à tinter dans toute la cabine.

« Dans ce cas, tu pourras porter mon sac quand on ira récupérer nos bagages, dit-elle en lui tapotant la main. À présent, mets ta ceinture ! »

Noah se retint de lever les yeux au ciel tandis qu'il attachait sa ceinture et attendait que l'avion descende sur Saint-Louis.

4
―――――

Charlotte Krall s'arrêta sur le parking, à une centaine de mètres de l'arche de pierre de la Grande Salle du Hilton, observant les mots *Saint-Louis Union Station* gravés au-dessus de l'entrée. Le lieu de l'immense fête de Berserkers à laquelle ils se rendaient ce soir... si Charlotte parvenait à se résoudre à entrer, du moins.

« Tu n'es jamais venue ici ? demanda Abby. Charlotte se passa la langue sur les lèvres tandis qu'elle lançait un coup d'œil à sa splendide cousine brune et secoua la tête.

— Jamais, admit Charlotte.

— C'est super. Tu vas voir, ça va te plaire, annonça Abby, tout à fait sûre d'elle tandis qu'elle glissait son bras sous celui de Charlotte et entraînait sa cousine à sa suite.

— Attends, attends ! dit Charlotte en résistant. J'ai juste... de quoi j'ai l'air, Abby ? »

Abby recula avec une expression faussement sérieuse et examina Charlotte de la tête aux pieds. Abby leva les doigts, énumérant l'un après l'autre les attributs physiques de Charlotte.

« Voyons... un mètre soixante-dix, silhouette en forme de

sablier, toute en courbes, c'est bon. Des cheveux blond cendré long jusqu'à la taille, et coiffés comme une crinière de lion… c'est bon. Une robe rouge sexy façon années cinquante qui met tout ce qu'il faut en valeur sans trop en dévoiler… c'est bon aussi. Des chaussures à talons noires à tomber et le sac à main assorti… doublement bon. Ton maquillage est parfait, tout ça, ça me va, personnellement, dit Abby en désignant Charlotte tout entière d'un geste de la main. C'est quoi, le problème ? »

Charlotte soupira.

« On est sur le point de rejoindre LE rassemblement de tout cet automne, où attendent tous les Berserkers célibataires. Y compris le mec avec lequel ton père est déterminé à me caser, dit Charlotte. Celui que je dois berner pour qu'il craque pour moi, pour qu'il n'annonce pas accidentellement ton coming-out à tes parents. Et regarde-toi ! Ça ne va pas être facile. »

Abby pinça les lèvres et baissa les yeux sur elle-même, ses courbes minces vêtues d'un élégant tailleur pantalon blanc et de chaussures à talons rouge vif. Les yeux étincelants, elle adressa à Charlotte un haussement d'épaules désinvolte.

« Je n'y peux rien si je suis d'une beauté renversante, plaisanta Abby. Et avec la personnalité qui va bien avec… »

Elle prit à nouveau Charlotte par le bras, l'entraînant vers l'entrée.

« Eh bien, tous les mecs là-dedans vont être terriblement déçus en voyant que tu n'en ramènes aucun chez toi. S'ils savaient que tu chasses le même gibier qu'eux, ils seraient tellement tristes, » dit Charlotte à Abby. Abby éclata de rire et serra le bras de Charlotte.

« Pas aussi triste que mes parents, je t'assure. » L'expression d'Abby redevint sérieuse. « Merci de faire ça pour moi, Charlotte. Je ne suis pas prête à dire à mes parents que je ne m'intéresse qu'aux femmes. Je crois que ça risque de tuer ma mère.

— Je crois que tu devrais lui faire un peu plus confiance, Abs, dit Charlotte en serrant le bras d'Abby en retour.

— Peut-être. Dans tous les cas, ils ne sont pas au courant, et je doute que là, tout de suite, ce soit le bon moment pour le leur dire. Ma mère m'a arrangé un rencard avec un mec… »

Abby laissa sa phrase en suspens tandis qu'elles entraient dans l'Union Station.

« Waouh… » dit Abby.

L'endroit était immense ; des plafonds voûtés ivoire et or s'élevaient à trente mètre de hauteur, et l'espace avait la superficie de la moitié d'un terrain de football. D'immenses voûtes tout en teck et tons de vert profond folâtraient avec le style doré, mosaïques et peintures murales fusionnant en un hommage éclatant au style Art Déco. À une extrémité se dressait un immense vitrail représentant trois femmes splendides qui adoptaient toutes des poses nonchalantes. À l'autre bout de la salle se trouvait un bar en marbre étincelant où des barmen en smoking s'activaient déjà, servant des verres à ceux qui étaient arrivés tôt. Une partie de la salle était une mer de fauteuils, chaises longues et divans de velours rouge rubis ; l'autre avait été dégagée pour danser et il y avait même un groupe et une platine de DJ dernier cri.

« Impressionnant ! articula Charlotte en se hâtant d'entrer lorsqu'elle s'aperçut que d'autres personnes entraient dans la salle juste derrière elle.

— Ils ont changé beaucoup de choses depuis la dernière fois que je suis venue ici, » dit Abby.

Charlotte repéra Jared et Lindsay Krall, les parents d'Abby, au milieu d'un groupe de Berserkers d'âge moyen. Probablement ceux-là même qui avaient pris la décision d'obliger tous les Berserkers célibataires ayant l'âge requis à prendre un partenaire, qu'ils en eussent envie ou non.

C'étaient le Conseil des Alpha qui finançait l'événement, mais les Krall s'étaient occupés de tous les détails. Lindsay avait déjà repéré Abby et Charlotte et leur faisait signe d'approcher pour se joindre à leur conversation.

« Allons prendre un verre avant que Maman ne nous entraîne dans la conversation barbante du moment, » dit Abby en prenant Charlotte par la main pour la remorquer à travers la salle en direction du bar. La pièce commençait déjà à se remplir, à mesure que de plus en plus de groupes de métamorphes arrivaient. À la seconde où elles eurent leurs verres en main, Abby repéra quelqu'un à l'autre bout de la salle et se ragaillardit. « La voilà !

— Voilà qui ? demanda Charlotte, tout en sirotant son gin tonic.

— La seule autre Berserker lesbienne qui existe, je pense, » dit Abby en penchant la tête vers l'autre côté de la pièce en direction d'une grande rousse athlétique qui éclatait d'un rire, la tête rejetée en arrière. « Marleigh Kinnear, originaire du Vermont. Elle est vachement sexy, pas vrai ?

— Carrément ! acquiesça Charlotte. Tu ferais mieux d'aller lui parler. Peut-être que vous arriverez à trouver quelque chose d'ingénieux, toutes les deux, hein ?

— Hmmm, murmura Abby avant d'avaler le reste de son whisky sec en une seule longue gorgée. Je crois que je vais devoir suivre ton conseil, cousine. »

Sur ces paroles, Abby s'éloigna, les épaules en arrière et la tête haute. Charlotte faillit glousser en voyant la manière dont plusieurs hommes s'arrêtèrent pour fixer Abby du regard tandis qu'elle traversait la salle à grands pas. Elle regarda Abby se pencher et dire quelque chose à Marleigh, qui rit, et bientôt les deux femmes étaient installées ensemble sur l'une des chaises longues, absorbées dans une conversation animée. Charlotte soupira, s'adossa au marbre nacré étincelant du bar et contempla simplement la beauté du lieu.

« Et vous, alors, à qui êtes-vous ? » dit une voix grave derrière Charlotte. Elle fit volte-face et se trouva en face d'un homme aux cheveux argentés, vêtu d'un costume sombre. Elle ne le reconnut pas, étant donné que presque tous les hommes plus âgés présents avaient des cheveux argentés et étaient vêtus de couleurs sombres.

« Les Krall, répondit Charlotte. Charlotte Krall, la nièce de l'Alpha Jared Krall.

— Josiah Beran, » répondit l'homme en lui tendant la main. Elle la serra, en remarquant que sa poignée de main était étonnamment faible pour sa taille. L'homme mesurait près de deux mètres de haut et paraissait être en bonne santé, mais sa main trembla lorsqu'il lâcha la sienne.

« Beran... Oh, c'est vous et votre partenaire qui avez organisé le premier rassemblement ! Abby m'a dit que c'était charmant, dit Charlotte.

— Vous n'y êtes pas allée, » dit Josiah. Un constat, pas une question. Comme s'il avait pu se souvenir d'elle. Les petits cheveux sur la nuque de Charlotte se dressèrent tandis qu'elle se demandait si Josiah n'était tout de même pas en train de la *draguer*. À cet instant précis, les lumières de la Grande Salle faiblirent, donnant au rassemblement une atmosphère plus intime. Au-dessus, des spots teintèrent le plafond crème et or d'éclatantes teintes de mauve et le groupe de sept musiciens se mit à jouer « Jump, Jive, and Wail ».

Charlotte regarda Josiah Beran, s'éclaircit la gorge et haussa la voix pour se faire entendre par-dessus le groupe et les conversations des autres Berserkers.

« Euh, non... Mon père n'est pas un Alpha. Je suis là pour accompagner ma cousine Abby, la fille de Jared et Lindsay, » dit Charlotte en désignant sa cousine d'un hochement de tête. Josiah se retourna et regarda longuement Abby avant de hausser les épaules et de reporter son attention sur Charlotte. Charlotte fut surprise, car pour la plupart des hommes Abby était trop belle et charmante pour être si facilement mise de côté.

« Venez avec moi, » dit-il en tendant la main pour saisir Charlotte par le poignet. Charlotte hésita au début, profondément rebutée par son attitude bourrue et autoritaire, mais elle se dit qu'il serait malpoli de lui résister physiquement. Elle se laissa donc conduire, en ouvrant de grands yeux lorsqu'elle s'aperçut qu'il se dirigeait vers la piste de danse.

Cet Alpha plus âgé ne comptait tout de même pas vraiment danser avec elle ? Le pouls de Charlotte s'accéléra et elle rougit de dégoût. Peut-être Josiah avait-il renoncé à Abby en faveur de Charlotte parce qu'il avait senti qu'elle était plus douce, une cible plus facile pour... ce qu'il avait en tête, quoi que ce fût ?

Josiah s'arrêta net sur un côté de la piste de danse et baissa un regard furieux vers un homme plus jeune et d'une beauté saisissante qui flânait tout seul en regardant la piste de danse. Un coup d'œil de l'un à l'autre donna à Charlotte la certitude qu'ils étaient de la même famille ; l'allure ténébreuse et séduisante du jeune homme et ses yeux d'un bleu éclatant ressemblaient trop à ceux de Josiah pour qu'il fût autre chose qu'un parent.

« Voici Charlotte, dit Josiah à l'homme en échangeant un regard avec lui. Charlotte, voici mon fils, Finn. »

Finn se leva de son siège, un grand homme ténébreux de deux mètres de haut, d'une beauté stupéfiante. Il portait un élégant costume noir et une cravate avec une chemise blanche impeccable, le tout parfaitement ajusté à sa silhouette élancée et musclée. Ses cheveux acajou foncé étaient coupés court mais élégants, son visage tout en angles durs sous des sourcils noirs et son teint profondément hâlé.

Charlotte ouvrit la bouche, mais Finn se contenta de tendre la main.

« Ravi de te rencontrer, Charlotte. Ça te dirait, de danser ? » demanda-t-il.

Charlotte resta bouche bée lorsque Josiah s'avança derrière elle et la poussa légèrement mais très distinctement, la faisant trébucher contre Finn. Finn la rattrapa avec aisance, et un sourire éblouissant illumina son visage lorsque ses mains se refermèrent sur le haut de ses bras. Charlotte frémit à son contact, un grésillement caractéristique de feu et de glace embrasant sa peau.

Charlotte leva les yeux vers Finn, un sourire vacillant aux lèvres.

« Ça s'annonce mal, pour danser, tu crois pas ? plaisanta-t-elle.

— Je ne m'en ferais pas trop pour ça, » dit-il, les yeux pétillants de malice. De près, elle nota qu'ils étaient du plus beau ton de bleu-vert qui fût, une teinte océanique autour d'une mince bande de jaune vif autour de ses iris.

Le groupe jouait un air au tempo moyen que Charlotte reconnut, une mélodie qu'il était facile pour elle de saisir au vol. Finn la conduisit sur la piste de danse avec une aisance née de la pratique, posant l'une de ses grandes mains sur sa taille et l'autre sur son épaule. Charlotte fit de même, des papillons frémissant dans son ventre.

Finn lui adressa un large sourire et guida ses mouvements, un simple pas de carré. En voyant l'expression de son visage et l'authentique plaisir dans ses yeux, Charlotte n'eut aucun mal à se détendre et à s'amuser. Ce n'était pas souvent qu'elle interagissait avec quelqu'un d'aussi séduisant que Finn Beran, et lorsque c'était le cas, l'expérience était rarement désagréable. Les hommes tels que Finn ne couraient pas les rues de Saint-Louis, et ceux que Charlotte avait bel et bien rencontrés étaient habituellement trop imbus d'eux-mêmes à son goût. Jusque-là, Finn s'était avéré être une belle surprise.

« Tu es doué ! dit Charlotte en adressant à Finn un large sourire.

— Ma mère nous a appris à tous à danser, dit-il, et une fossette passa en un éclair sur sa joue.

— À tes frères et sœurs ?

— Mes frères. Tous les six.

— Vous êtes six ! Bonté divine ! » déclara Charlotte. Elle avait du mal à imaginer six Finn qui se promenaient dans le monde en brisant des cœurs et semant le trouble.

« Oh, ouais. Elle nous a tous fait apprendre en cinquième, ça lui faisait une pause de deux ans entre les leçons, dit-il. Elle nous disait que ça nous aiderait à trouver des petites copines, ce qui était le seul moyen pour qu'on accepte d'apprendre.

— Et c'est le cas ? Je veux dire, ça a marché ? dit Charlotte.

— Pas au collège, non. Pas pour moi, en tout cas. »

Charlotte lui lança un regard dubitatif, en se disant qu'il avait probablement eu beaucoup de succès en cinquième. Ils dansèrent et discutèrent pendant presque une demi-heure, en se cantonnant à des sujets légers et neutres. Charlotte découvrit qu'elle devait mener la conversation autant que Finn devait mener la danse ; il était très gentil et fringant, mais un poil plus réservé que ce qui lui plaisait d'ordinaire chez un homme. De plus, il n'arrêtait pas de jeter des coups d'œil par-dessus son épaule à l'angle opposé de la salle. Charlotte avait la nette impression qu'il gardait un œil sur quelqu'un et elle ne put s'empêcher de supposer qu'il s'agissait d'une femme qui avait attiré son attention. Pour autant qu'elle sût, Finn avait peut-être déjà une petite amie.

Au bout de quelques minutes de plus, Charlotte soupira et recula.

« Je vais faire un saut aux toilettes et ensuite je vais faire un tour au bar. Peut-être qu'on pourra remettre ça un peu plus tard ? demanda-t-elle.

— Bien sûr, » dit Finn en serrant doucement sa main dans la sienne avant de la lâcher. Il était vraiment en tout point le parfait gentleman, et si jamais elle avait l'occasion de rencontrer sa mère, elle ne manquerait pas de la féliciter d'avoir élevé un tel homme. Peut-être que Finn valait la peine de donner suite, en fin de compte.

Charlotte fit deux pas en direction des toilettes avant de regarder en arrière, et vit Finn qui se dirigeait vers l'angle opposé, l'endroit qu'il surveillait si attentivement pendant qu'ils dansaient. Elle secoua la tête en soupirant et se dirigea vers les toilettes des dames pour se rafraîchir.

5
———

Une fois qu'elle eut pris un autre gin tonic au bar, elle décida qu'il était grand temps de retrouver Abby. Quel chaperon Charlotte faisait, à filer pour danser avec de beaux mecs au lieu de protéger Abby de leurs avances inévitables. Après avoir commandé un verre pour Abby, Charlotte la repéra à une table dans le même recoin éloigné où elle avait vu Finn se rendre…

Quand on parlait du loup, Finn était en fait assis à une table avec Abby, penché en avant pour entendre ce qu'elle disait. Pour une raison inconnue, il avait mis un chapeau de feutre noir, élégamment penché de côté. Bien que Charlotte, d'une manière générale, n'aimât pas les hommes coiffés de chapeaux, Finn parvenait à paraître encore plus séduisant avec le sien.

Charlotte regarda autour d'elle à la recherche de Marleigh, la superbe rousse qui avait attiré le regard d'Abby plus tôt, mais elle ne la vit nulle part. Charlotte se dirigea vers sa cousine, en se sentant doublement coupable de n'avoir même pas réussi à la protéger du seul homme avec qui Charlotte eût flirté de toute la soirée. Sous les yeux de

Charlotte, Finn se pencha à nouveau vers Abby et dit quelque chose qui la fit glousser et lever les yeux au ciel. L'intérêt avide de Finn se voyait clairement sur son visage, et Charlotte grogna tout haut.

Charlotte inspira profondément et décida qu'elle allait s'insérer dans la situation et mettre le paquet, question numéro de charme. Elle vit une blonde plantureuse à quelques tables de là, assise sur les genoux d'un séduisant homme roux. Il contemplait la blonde, complètement captivé, et Charlotte s'inspira un peu de l'autre femme.

En arrivant à la table d'Abby et Finn, elle leur adressa à tous les deux un sourire éblouissant.

« Vous voilà, tous les deux, dit Charlotte en conservant une expression joviale. Abby, je t'ai pris un verre. J'ai vu ton amie Marleigh au bar, elle voulait que tu ailles lui dire bonjour. »

Tout en faisant glisser le verre de l'autre côté de la table, Charlotte regarda sa cousine avec insistance. Abby se leva d'un bond et saisit le verre avec un grand sourire.

« Je ferais mieux d'aller lui faire un petit coucou, » dit Abby, et elle s'échappa.

Lorsque Finn fit mine de se lever pour la suivre, Charlotte posa son verre et contourna la table, en posant une main sur son épaule pour le retenir sur place.

« Où est-ce que tu vas ? Je me disais qu'on pourrait passer encore un peu de temps ensemble, » ronronna Charlotte.

Les yeux de Finn la balayèrent lentement de la tête aux pieds, et il haussa un sourcil. Il se mordit un instant la lèvre, en un geste si sensuel que c'en était presque une invitation, et lui adressa un sourire pensif. Sa fossette apparut à nouveau brièvement sur sa joue, et le cœur de Charlotte palpita. En baissant les yeux vers Finn, elle eut du mal à croire à quel point l'alchimie entre eux était à présent différente de ce qu'elle avait été à peine quelques minutes plus tôt.

Finn tendit la main et saisit son poignet pour en effleurer de son pouce la peau sensible. Ses yeux étincelèrent de quelque chose de beaucoup plus sombre qu'auparavant. Bien qu'ils fussent désormais moins en contact qu'ils ne l'avaient été pendant leur danse, quelque chose qu'elle voyait en lui à présent, une sorte de d'avidité, la rendait audacieuse.

« Je suppose qu'encore un peu de temps s'impose… » dit Finn. Il leva les yeux vers elle avec un éclat d'anticipation dans le regard, et Charlotte sentit son corps réagir à lui, en se contractant et en s'échauffant.

Tout en se mordant la lèvre pour imiter l'expression qu'il avait eue plus tôt, Charlotte passa un bras autour de son cou et se glissa sur ses genoux. Si Finn fut un tant soit peu surpris, il n'en laissa rien paraître. Il rectifia sa position, faisant appuyer la rondeur de son cul contre sa queue complètement alerte pendant un infime instant. Charlotte rougit, mais ne se déroba pas.

« Alors, comment est-ce que tu as rencontré ma cousine ? » Charlotte avait posé la première question qui lui vint à l'esprit, et rougit encore plus fort de son manque de finesse.

« C'est ma mère qui nous a mis ensemble. On est tous les deux journalistes, alors elle s'est dit qu'on aurait quelque chose en commun, dit-il.

— Ah bon ? Je ne t'aurais pas vu journaliste. Tu as plutôt l'air d'être du genre stable, dit Charlotte, bien qu'elle fût à présent en train de réviser son jugement.

— Je peux voyager dans le monde entier et capturer les meilleures histoires, dit Finn en haussant les épaules. Je gagne des récompenses, je me fais plein de fric. Il n'y a vraiment aucun inconvénient. »

Une ombre traversa rapidement son visage à ces dernières paroles, mais elle disparut en un instant.

« Ça m'étonne que tu n'aies pas orienté la conversation là-dessus tout à l'heure, » dit Charlotte en se demandant pourquoi elle avait dû mener la conversation auparavant. Finn paraissait désormais beaucoup plus détendu, dans son élément, et complètement à l'aise avec lui-même.

« Je ne voulais pas t'en mettre plein la vue, non plus, » la taquina-t-il. Il plaisantait, mais ses paroles étaient désormais empreintes d'une indéniable effronterie. Charlotte fronça les sourcils, perplexe.

« Tu as dit que tu vivais une vie simple, tout à l'heure, » dit-elle lentement. Finn haussa les épaules et lui sourit à nouveau, la bouche fermée, en tout point semblable à un lion à l'affût. Il pencha la tête de côté, et la chaleur de son souffle effleura sa nuque exposée. Charlotte réprima un autre frisson, regrettant à présent sa décision de s'asseoir sur les genoux de Finn. Elle n'était pas ce genre de fille, et voilà ce qu'elle récoltait en s'adonnant à ce genre d'intrigues.

« Ah bon ? Je suis remarquablement modeste, parfois, dit-il.

— On dirait, en effet, répondit Charlotte, dont les mots étaient sortis de sa bouche avant qu'elle n'ait pu s'en empêcher.

— Bah, oui. Être humble, c'est plutôt ennuyeux, si tu veux mon avis. J'aimerais bien mieux m'avérer intéressant... » Il s'interrompit, comme s'il essayait de se rappeler son nom.

« C'est Charlotte, » fit-elle sèchement. Mortifiée, elle s'appuya sur son épaule pour se lever de sur ses genoux. « je n'arrive pas à croire que tu aies déjà oublié mon nom !

— Charlotte... » dit-il, avec l'air de savourer le mot. Il la saisit à nouveau par le poignet, la retenant prisonnière avant qu'elle n'ait pu s'enfuir. « Charlotte, il y a une chose que tu ne comprends pas...

— Ça, je veux bien le croire, Finn Beran ! » Charlotte arracha sa main de la sienne, pivota sur ses talons, et poussa une exclamation étranglée en percutant un très furieux... Finn ?

« Qu'est-ce que… » Charlotte regarda Finn et regarda ensuite derrière elle. L'un était dans une colère noire, l'autre semblait bien s'amuser.

« Noah, bordel de merde ! cria le Finn en colère, attirant l'attention de plusieurs badauds. Bon sang, qu'est-ce que tu as fait, cette fois ? »

Abby apparut près du coude de Charlotte et la fit reculer d'un pas.

« Noah ? fit Charlotte, bouche bée.

— On est jumeaux, expliqua Finn, l'air profondément désolé.

— Oh ! » fut tout ce que Charlotte parvint à dire. Le jumeau identique de Finn lui adressa un demi-sourire et retira son chapeau de feutre, révélant ses cheveux ; ses mèches en désordre étaient bien plus longues que les cheveux de Finn, taillés en une coupe à la mode et l'envie de le toucher, de savoir quelle texture avaient ces mèches sombres, démangea les doigts de Charlotte.

Elle se tourna vers Noah, l'air renfrogné, avec l'intention de le réprimander mais sans trop savoir comment. Le demi-sourire qui se dessinait sur ses lèvres la fit rougir de colère et de gêne, mais avant qu'elle n'ait pu lui régler son compte, Josiah Beran et Jared Krall apparurent. Les deux Alpha observaient Abby et Noah avec beaucoup d'intérêt, et Charlotte vit sa cousine pâlir.

« On dirait que vous vous entendez bien, tous les quatre, dit Josiah en portant son regard sur Charlotte et Finn, qui ne se tenaient qu'à quelques centimètres l'un de l'autre.

— C'est le cas, » fit Noah d'une voix traînante, s'attirant des regards assassins de la part de Charlotte, Abby et Finn.

« Papa… commença Abby, mais Josiah l'interrompit.

— Jared s'est arrangé pour que Abby et Charlotte vous emmènent en ville. Allez voir l'Arche, ou sortez en boîte, faites ce que vous autres, les jeunes, vous faites dans le coin. »

Abby et Charlotte échangèrent un regard, sachant très bien que tout ça ne figurait certainement pas sur la liste des attractions qu'elles tenaient à voir, mais elles tinrent toutes les deux leur langue. D'un bref coup d'œil aux jumeaux, elles virent le malaise de Finn et le plaisir manifeste de Noah quant à ces dispositions.

« Bien, puisque c'est réglé, » dit Jared Krall en regardant Abby et Charlotte, un sourcil haussé, comme pour les mettre au défi de contrarier ses projets. « Mesdemoiselles, le rassemblement va prendre fin dans moins d'une heure, et aucune de vous n'a été présentée aux clans Risal et Knoer. Abby, ta mère voulait que je t'arrache un moment aux Beran. »

Charlotte et Abby adressèrent toutes deux aux Beran des sourires crispés mais polis tandis qu'elles s'excusaient pour suivre leur Alpha. Elles se laissèrent distancer de quelques pas pour avoir un peu d'intimité.

« Abby, il faut que tu dises à ton père que Noah et toi, ça ne colle pas, exigea Charlotte. Ça commence déjà à dégénérer.

— Je ne vois pas où est le problème, dit Abby en haussant les épaules. Du coup, on doit sortir dîner avec deux hommes très séduisants. Ce n'est pas le pire destin qui soit.

— Abby ! Tu fais marcher tout le monde, y compris Josiah Beran et ton père. Ce n'est pas bien ! »

Abby saisit la main de Charlotte, la serra fermement dans la sienne et posa sur elle un regard très sérieux.

« Charlotte, ce n'est pas parce que les Beran ne me conviennent pas qu'ils ne te conviennent pas non plus, » expliqua-t-elle.

Charlotte émit un glapissement de protestation, désarçonnée.

« Abby, on n'est pas là pour essayer de me trouver quelqu'un ! Je ne suis ici que pour défendre tes intérêts, tu te rappelles ?

— Et je fais la même chose pour toi. Ces deux hommes te regardent comme si tu étais la meilleure invention depuis le pain en tranches, et je ne compte pas balancer la vérité à mon père sur ma sexualité pour t'empêcher de sortir avec des mecs sexy et disponibles qui te trouvent attirante. Tu racontes n'importe quoi, là.

— Abby ! » s'écria Charlotte, mais Jared Krall était déjà en train de se retourner pour les présenter à un autre groupe de mâles Berserkers compatibles.

Charlotte se tut et plaqua un sourire sur son visage, déterminée à ne pas faire honte à son Alpha. Elle décocha néanmoins un long regard à Abby, informant sa cousine du fait qu'elles n'avaient pas encore fait le tour de la question de sa sournoise intention de jouer les marieuses.

6
___

*N*oah martelait du bout des doigts le plateau en bois laqué de la table, tout en observant le décor de cuivre et de chêne du bar à vin de Lafayette Square que les filles Krall avaient choisi comme lieu de leur double rencard imposé. Bien que Noah eût initialement prévu de prendre le premier vol de retour à Los Angeles, vu qu'il avait un délai à tenir et des montagnes de travail à abattre pour pouvoir le respecter, une part diabolique de lui l'avait fait rester. Juste pour voir quel désastre leur double rendez-vous leur réservait.

Noah sentit sur la table la vibration régulière produite par les bouts d'autres doigts, qui martelaient le même rythme, et son regard agacé glissa vers son jumeau.

« Tu es obligé de faire ça ? » demanda Noah en haussant un sourcil.

Finn baissa les yeux vers sa propre main, et répondit à Noah par un haussement d'épaules. Finn ne s'était même pas rendu compte du fait qu'il l'imitait, Noah en était certain. C'était comme ça entre eux, ça l'avait toujours été.

Le serveur arriva avec une bonne bouteille de Syrah que

Noah avait choisie, la présenta et la déboucha avant de les laisser avec un verre chacun. Noah et Finn goûtèrent tous deux le vin, Noah le faisant tournoyer et le reniflant d'abord tandis que Finn se contenta d'en boire une gorgée et de pousser un soupir de plaisir.

« Pas mauvais, » dit Finn en levant les yeux vers la porte, pour voir une fois de plus si les Krall étaient arrivées. Elles étaient en retard de quinze minutes à présent, et Finn n'aimait pas les retards. Avant que Noah n'ait pu répondre, la porte s'ouvrit et Charlotte et Abby entrèrent.

« Putain de merde… » marmonna Finn, et Noah ne put s'empêcher d'acquiescer. Abby était vêtue de manière décontractée, d'un jean et d'un haut blanc très fin, tout juste assez habillée pour les exigences du bar. Charlotte, en revanche…

Charlotte portait une robe vert pastel qui moulait chacune de ses magnifiques courbes, mettant son corps incroyable en valeur tout en la recouvrant des coudes aux genoux. Une ceinture blanche marquait sa taille, rendant ses seins et ses hanches considérables encore plus attirants. Des talons blancs donnaient à sa démarche une allure féminine, ses hanches se balançant tandis qu'elle repérait Noah et Finn et se dirigeait vers leur table. Abby était à la traîne, l'air nettement mécontent, bien que Noah ne l'eût regardée que pendant une demi-seconde avant de revenir à sa cousine plus sexy et plus blonde. Il remarqua que ses grands yeux aux tons saphir étaient soulignés de khôl, en un maquillage œil charbonneux qui mettait en valeur les proportions parfaites de son nez, de ses lèvres et de ses joues.

« Messieurs, » dit Charlotte en arrivant à la table, et en posant sa pochette blanche en face de Noah. Une ombre passa furtivement sur le visage de Finn, puis il se leva et tira la chaise d'Abby, obligeant Noah à se lever et faire de même pour Charlotte.

« Désolée, on est en retard, dit Charlotte tandis qu'elle s'asseyait à la table en lançant un coup d'œil à sa cousine.

— Aucun problème, » dit Finn d'un ton presque trop enthousiaste. Noah posa sa main à plat sur la table, en un geste silencieux à l'adresse de son frère : *fais-en un peu moins.*

« On a commandé une bouteille de Syrah en attendant, dit Noah.

— Dieu merci, dit Abby. Je peux ?

— Bien sûr, » répondit Noah en s'éclaircissant la gorge. Si gênante qu'il eût imaginé cette situation, elle l'était certainement encore plus à présent.

« Alors… commença Charlotte en pinçant les lèvres tandis que Abby remplissait leurs verres à vin presque à ras-bord. Finn, parle-moi un peu de toi. Je sais qu'on a dansé un peu au rassemblement, mais je n'ai pas appris grand-chose sur toi.

— Je suis professeur de lycée, déclara Finn. J'enseigne principalement la littérature, mais je donne aussi des cours d'initiation à l'informatique et je m'occupe de l'annuaire, selon ce dont l'école a besoin.

— Très chouette. En fait, Abby a étudié la littérature anglaise à Mizzou, pas vrai, Abs ?

— Affirmatif, » répondit Abby en buvant une longue gorgée de son vin. Il y eut une longue pause avant que Noah ne décide de se pencher pour la briser.

« Et toi, Charlotte ? Tu as fait quoi, comme études ? demanda-t-il.

— J'ai un diplôme d'infirmière, dit Charlotte.

— Ah ! Quelle infirmière coquine tu dois faire, » plaisanta Noah. La bouche de Charlotte se pinça en une ligne crispée et il put constater qu'il était déjà parvenu à la vexer. Rien d'étonnant, puisqu'il avait généralement tendance à se comporter comme un connard, mais il se décevait un peu. Il n'avait même pas tenu dix minutes sans se mettre Charlotte à dos.

« Charlotte travaille à l'Hôpital des Enfants, l'informa Abby. Elle travaille à l'unité de soins intensifs où elle s'occupe d'enfants très, très malades qui pourraient mourir sans soins constants. »

Noah resta sans voix pendant un long moment, donnant à Finn l'occasion d'intervenir.

« C'est incroyable. Il doit falloir beaucoup de courage pour faire ça, dit Finn, s'attirant un doux sourire de la part de Charlotte.

— Ouais, c'est vrai, parfois, dit-elle en haussant les épaules. Je ne fais pas le tour du monde ni rien, mais c'est agréable quand un patient survit à une épreuve vraiment difficile. »

Noah, Finn et Abby hochèrent tous la tête.

« Ton travail a l'air plutôt exigeant, reconnut Noah en repensant à une étudiante en médecine avec laquelle il était sorti des années auparavant. Tu dois être tout le temps à l'hôpital, et souvent loin de chez toi. »

Finn renifla.

« Dit le mec qui n'est pas rentré chez lui dans le Montana depuis presque trois ans. C'était quand, la dernière fois que tu as passé plus de quarante-huit heures d'affilée dans ton appartement, le globe-trotter ? » demanda-t-il.

Noah hocha la tête, lui concédant cet argument.

« Ça fait longtemps. Je travaille à l'étranger, je passe mes vacances à l'étranger, dit-il en agitant nonchalamment la main.

— Tu as dû aller dans des endroits vraiment exotiques, » dit Charlotte pour faire avancer la conversation. Noah appréciait le fait qu'elle s'efforce de conserver un ton léger, qu'elle semble se soucier du confort de tout le monde. C'était logique pour une infirmière de se soucier ainsi des autres, bien sûr.

« Eh bien... ouais. En vacances, je suis allé dans toutes sortes d'endroits. En Grèce, en Argentine, en Thaïlande, en Nouvelle-Zélande. S'il y a quelque chose à voir, je veux le voir, dit Noah.

— Vous devriez voir son passeport, dit Finn. Plein à craquer de tampons. »

Noah lança à son jumeau un regard réprobateur, mais ne dit rien. Il observa Abby pendant un long moment, réalisant tout à coup à quel point elle avait été silencieuse pendant tout ce temps. Abby se contenta de hausser un sourcil en le regardant avant de reporter son attention sur sa cousine.

« Et pour le travail ? Un journaliste qui voyage voit plein de chouettes trucs, dit Charlotte.

— Euhhh, dit Noah en se frottant la nuque. Eh bien, je fais surtout des reportages sur des conflits politiques, donc ce n'est pas particulièrement touristique. Je vais là où il y a de l'action et je passe la moitié de mon temps à essayer de ne pas exploser dans la foulée. »

Charlotte et Abby parurent toutes les deux surprises, tandis que Finn se contentait de lui adresser un bref demi-sourire. Le serveur arriva, et Abby choisit une onéreuse bouteille de champagne rosé pour leur tournée suivante. Le champagne arriva rapidement dans un seau d'argent. Une fois leurs flûtes remplies, ils firent tous tinter leurs verres les uns contre les autres. La douceur de l'instant faillit faire éclater Noah de rire en pensant à des moments de beuverie beaucoup moins civilisés qu'il avait connu au cours de l'année passée. De l'alcool frelaté chaud sorti d'une flasque à Tripoli, du vin de coco fermenté sur une plage à San Juan, des shots de liqueur et de sang de serpent en Thaïlande...

« Est-ce que tu vis à Billings, comme Finn ? demanda Charlotte, interrompant ses pensées.

— Non, j'ai déménagé à Los Angeles il y a quelques années. Un de mes amis possède un immeuble près des bureaux de la Tribune et il s'occupe de mon appartement quand je ne suis pas là, dit Noah.

— Et toi, Finn ? Est-ce que tu es un voyageur, comme ton frère ? » demanda Charlotte.

Finn parut nettement mal à l'aise, à tel point que Noah intervint sans lui laisser le temps de répondre.

« On devrait commander quelques tapas, vous ne croyez pas ? » dit Noah en s'emparant des menus sur la table pour les faire passer à la ronde. Finn lui lança un regard ardent, ni furieux ni reconnaissant, puis plongea le nez dans le menu.

7
___

Quelques assiettes d'amuses-bouches et plusieurs bouteilles de vin plus tard, la conversation était nettement plus détendue… et surtout plus intéressante, de l'avis de Noah.

« Abby, dit Charlotte en pointant sa cousine du doigt d'un geste théâtral, n'est pas *prude*, elle est seulement *exigeante*.

— Moi, je suis exigeant, dit Noah en lui lançant un regard sceptique. Je suis beaucoup plus difficile que mon frère. »

Noah donna un coup de coude dans les côtes de Finn, s'attirant un regard furieux de la part de son frère.

« Si l'un de nous deux est difficile, c'est moi, rétorqua Finn. Je n'ai pas voyagé dans le monde entier, en couchant avec Dieu sait quel genre de femmes. »

Ces paroles arrachèrent un ricanement à Abby, qui parut intéressée pour la première fois depuis plus d'une heure.

« Quels genres de femmes ? demanda Abby à Noah.

— Euh, personne n'a envie d'entendre parler de ça, interrompit Charlotte en se retournant pour articuler un reproche silencieux à Abby. Peut-être qu'il nous faudrait plus de vin !

— Holà, holà, dit Finn en saisissant la main de Charlotte par-dessus la table avant qu'elle n'ait pu héler le serveur pour commander une autre bouteille. Doucement. On a bu plus d'une bouteille chacun. »

Noah regarda les deux femmes, observant les pitreries exagérées de Charlotte et la posture affaissée et grincheuse d'Abby, et se demanda ce qu'elles pouvaient bien cacher. Il était plus qu'évident pour lui, même avec toute une bouteille de vin dans l'estomac, que Charlotte couvrait Abby. Mais ce que ce secret pouvait bien être, impossible de le deviner. Il était clair qu'Abby était là uniquement parce que son père l'avait forcée à venir, ça, au moins, c'était évident. Cependant, aucune raison ne justifiait les tentatives désespérées de Charlotte pour détourner son attention et celle de Finn de sa cousine.

« Alors, Abby. C'est quoi, ton problème ? demanda soudain Noah en se penchant en avant tout en jaugeant la cousine brune du regard.

— Qu'est-ce que tu veux dire ? Elle va très bien ! déclara Charlotte.

— Elle a envie de partir. Est-ce que tu as un petit ami ou quelque chose comme ça ? Un humain ? » demanda Noah en regardant le visage de la femme s'enflammer de colère.

Abby se leva en repoussant sa chaise et jeta sa serviette sur la table en soufflant bruyamment.

« On va faire un saut aux toilettes, Charle ? entonna-t-elle en fusillant Charlotte du regard.

— Euh, d'accord, dit Charlotte en se levant et en s'éclaircissant la gorge. On revient tout de suite, les garçons. »

Noah et Finn regardèrent en silence les femmes disparaître dans le couloir du fond.

« Est-ce qu'on va finir par en venir aux mains ? » demanda Finn dès qu'elles furent hors de portée de voix.

Noah haussa les sourcils, surpris par le franc-parler de son jumeau.

« Pas si j'ai mon mot à dire sur la question. Tu as un sacré crochet du droit, pour autant que je me souvienne, dit Noah.

— Alors on fait quoi ? On laisse Charlotte choisir entre nous ?

— C'est comme ça que ça se passe dans le règne animal, frérot. »

Finn lança à Noah un regard assassin et secoua la tête.

« Ce n'est pas juste de ta part. Tu vas rester en jeu même si tu n'as pas l'intention de jouer pour de bon, dit Finn, l'air aigri.

— Qui a dit que je ne jouais pas pour de bon ? Et puisqu'on en parle, qui a dit que toi, oui ?

— Tu la ferais tomber à la renverse, tu la baiserais et ensuite tu partirais pour le Caire au milieu de la nuit, » dit Finn d'un ton détaché. Il cloua Noah sur place d'un regard entendu, faisant monter une colère brûlante aux joues de Noah.

« Et toi, tu la prendrais pour partenaire là, sur la table, hein ? » répondit Noah en effleurant du bout des doigts le bord de son verre à vin, calculant ses paroles pour pousser son frère à bout.

« Non, mais au moins je ne serais qu'à quelques heures. Quelque chose pourrait éclore entre nous, insista Finn.

— Il se trouve que je ne vais pas voyager pendant un moment, » dit Noah. Il leva les yeux vers le visage empourpré de Finn, conscient du fait que l'agressivité qu'il y voyait se reflétait dans sa propre expression.

« De quoi est-ce que tu parles ? demanda Finn en le regardant d'un air blasé.

— Je suis en congé sabbatique. J'ai pris rendez-vous pour des entretiens avec plusieurs agences de presse, pour essayer d'obtenir un travail de bureau tranquille. »

Finn le jaugea rapidement du regard avant de secouer la tête.

« Tu vas renoncer à la passion de toute une vie pour t'asseoir derrière un bureau ? rit Finn. Tu ne tiendras pas un mois.

— Je suis sérieux, Finny. Je n'en peux plus. Je vais faire autre chose —

— T'es un sacré fils de pute ! déclara Finn, interrompant la phrase de Noah. Tu vas juste débarquer en coup de vent, jouer le numéro du jumeau charmant et la rafler avant même que j'aie pu avoir ma chance. Bon sang, t'as pas changé du tout, pas vrai ?

— Hé, les gars ! lança Charlotte en s'approchant de la table. Euh, Abby ne se sent pas très bien. Je crois qu'elle a un peu trop bu. Elle va rentrer chez elle en taxi. »

Noah conserva une expression neutre, mais les excuses de Charlotte pour sa cousine le laissaient hautement sceptique. Finn se leva, l'air inquiet.

« Est-ce qu'il faut qu'on vous raccompagne chez vous, toutes les deux ? demanda Finn en grimaçant lorsque Noah lui écrasa le pied sous la table.

— Moi, je n'étais pas tout à fait prête à terminer la soirée. Je veux dire, à moins que vous ne soyez crevés, tous les deux… » dit Charlotte. Quelque chose dans son expression démentait ses paroles ; Noah devinait que son invitation à continuer de faire la fête visait plus, comme le reste, à dissimuler quelque chose à propos d'Abby. Cependant, il n'allait pas se refuser le plaisir de la compagnie de Charlotte si elle le proposait.

« Finn a eu la première danse… peut-être que je pourrais avoir la suivante ? » dit Noah en faisant lentement aller et venir son regard le long des courbes généreuses de Charlotte, souriant largement lorsqu'elle rougit sous sa franche admiration.

« Peut-être vous deux, » plaisanta Charlotte, dont les yeux s'ouvrirent en grand une fois que les mots furent sortis de sa bouche. Ses joues étaient désormais vraiment roses et en feu, mais Noah ne comptait pas la laisser retirer ses paroles.

Se pouvait-il vraiment qu'elle s'intéressât aux deux hommes en même temps ? Noah lança à Finn un regard ardent de désir et eut un demi-sourire lorsque Finn se contenta de secouer la tête et de soupirer en réponse.

« Il n'y a qu'un seul moyen de le savoir, j'imagine, » dit Noah en hélant le serveur pour l'addition. Quelques instants plus tard, ils avaient payé et suivaient Charlotte dehors, en direction d'une boîte de nuit qu'elle disait bien aimer. Si elle avait eu la moindre idée du genre d'image cochonnes que Noah avait en tête, elle aurait tout lâché et se serait enfuie en courant.

Heureusement pour Noah, Charlotte semblait s'intéresser davantage à son jeu de diversion qu'à lire ses intentions. Heureusement, en effet…

8
———

À la seconde où Charlotte entra dans le couloir sombre qui menait au Club Baroque, elle se demanda si elle n'était pas en train de commettre une erreur. La musique pulsait tout autour d'elle, un rythme persistant qui semblait faire bourdonner son sang. Le vin lui procurait une sensation de chaleur et d'excitation, de bonheur et de détente comme elle n'en avait jamais éprouvé lors de ses visites précédentes dans ce même Club. La dernière fois qu'elle était venue, c'était pour l'enterrement de vie de jeune fille d'une amie et elle avait passé toute la nuit à siroter de l'eau en bouteille hors de prix dans un carré VIP en surveillant toutes ses amies ivres.

Ce soir-là, c'était différent. Lorsque les portes se refermèrent derrière eux, Finn la prit par la main et Noah lui toucha le creux des reins et tous deux la guidèrent vers la piste de danse bondée. Des gens beaux et bien habillés se trémoussaient au rythme de la musique, et de superbes danseurs allaient et venaient sur les hautes plateformes dispersées à travers la salle.

« Est-ce qu'il te faut quelque chose à boire ? De l'eau ? »

demanda Finn en se penchant pour se faire entendre par-dessus la musique tonitruante. Ses lèvres lui effleurèrent l'oreille, et Charlotte se mordit la lèvre. Elle leva les yeux vers lui, vit la gravité de son expression et hocha la tête. Un peu d'eau ne lui ferait pas de mal à cet instant et l'aiderait indiscutablement le lendemain.

Finn lui adressa un clin d'œil, la gentillesse incarnée, et se dirigea vers le bar. Lorsque Charlotte fit mine de le suivre, Noah la saisit par la taille et l'entraîna vers la piste de danse à la place. Elle leva les yeux vers lui, vit le désir écrit noir sur blanc sur son beau visage et fondit légèrement.

Elle laissa Noah l'entraîner parmi la masse des danseurs, le laissa l'attirer à elle tandis qu'ils se mettaient tous deux à bouger au rythme de la musique. Charlotte balançait ses hanches et Noah se pressait contre elle, poitrine contre poitrine. Elle pencha la tête en arrière et leva les yeux vers ses beaux yeux turquoise, en se passant la langue sur les lèvres tandis que son cœur martelait dans sa poitrine au rythme de la musique. Elle laissa ses yeux se fermer lentement, en se demandant s'il allait l'embrasser, ravir sa bouche là, sur la piste de danse, mais une sensation glacée la fit sursauter.

De grandes mains chaudes touchèrent le bas de son dos tandis qu'elle ouvrait les yeux et s'apercevait que Finn lui avait fourré une bouteille d'eau dans la main. Elle laissa sa tête basculer loin en arrière, leva les yeux vers son visage et lui adressa un large sourire à l'envers. Finn se rapprocha, et se plaqua contre son dos tout comme Noah était plaqué contre son ventre, en bougeant parfaitement en rythme avec son jumeau.

Charlotte s'interrompit un moment pour déboucher la bouteille d'eau et la boire d'une traite avant de la jeter négligemment sur le sol plongé dans l'obscurité. Ça n'était pas dans ses habitudes, mais à ce moment, elle n'en avait plus rien à faire.

Rafraîchie, elle posa une main sur l'épaule de Noah et tendit l'autre en arrière pour caresser le cou de Finn, savourant la chaleur de leurs corps tandis qu'ils bougeaient contre elle. Elle posa sa tête en arrière sur le torse de Finn tandis qu'il la tenait par la taille, la soutenant à-demi. Des mains allaient et venaient lentement le long de ses hanches, de ses flancs et de ses bras, sans doute celles de Noah. Charlotte n'en savait trop rien et elle prenait bien trop de plaisir pour réfléchir à la question.

Une petite voix dans sa tête se récriait, lui disait qu'elle dépassait les bornes, que tous les gens présents dans le club devaient la prendre pour une espèce de traînée. Mais elle ne pouvait pas s'en empêcher. La manière dont ils la touchaient, la pression de leurs corps durs contre son cul et ses cuisses la faisaient soupirer de désir. Noah et Finn étaient tous deux complètement en érection, et leur expression était celle d'une avidité sans retenue, aussi Charlotte se dit-elle qu'ils devaient prendre autant de plaisir qu'elle à tout ça.

Charlotte avait toujours été une gentille fille, une enfant respectueuse, une infirmière bienveillante. Mais à cet instant, elle se voyait reflétée dans les regards de Noah et Finn : une bombe sexuelle, qu'ils avaient envie de combler de plaisir et de dévorer. Elle en avait envie, tellement envie que c'en était presque douloureux. Son dernier coup d'un soir remontait à plus d'un an, et tout à coup elle n'avait plus envie d'attendre une minute de plus. Elle était pompette, excitée et prête, prête pour les promesses qu'elle voyait écrites sur les visages de Noah et Finn.

Seulement… comment était-elle censée choisir entre eux ? Ils étaient d'une beauté littéralement identique, bien qu'elle eût un faible pour les cheveux plus longs de Noah. Elle leva la main et fourra ses doigts dans ses mèches humides et ébouriffés, savourant la sensation douce et chaude de ses cheveux contre ses doigts. Elle s'imaginait bien tirant sur ces cheveux-là tandis qu'il lui faisait des cochonneries inimaginables...

Puis elle leva les yeux vers Finn, en pensant à sa gentillesse et à son bon cœur. Il était tout ce qu'elle recherchait chez un homme, toutes ces choses qu'elle n'avait jamais trouvées dans un si joli emballage auparavant. Il serait un amant attentionné qui prendrait soin de tous ses désirs.

Finn portait une chemise gris clair et une cravate noire avec un pantalon foncé, alors que Noah était une fois de plus vêtu d'une chemise blanche et d'un pantalon de costume noir. La chemise de Noah était déboutonnée au col, laissant apercevoir sa peau lisse et hâlée. Cependant, Finn avait si fière allure avec sa cravate...

Son regard passa une dernière fois de l'un à l'autre, et elle poussa un profond soupir. Elle arqua le dos, approchant ses lèvres de l'oreille de Finn.

« Comment est-ce que je suis censée choisir l'un de vous deux ? » demanda-t-elle d'un ton suppliant.

Finn se raidit contre elle, et elle remarqua que Noah l'imitait au bout d'une seconde. Elle leva la tête et regarda Noah, qui se lançait dans une communication silencieuse avec Finn. Pendant un instant, Charlotte se demanda s'ils n'utilisaient pas une espèce de télépathie entre jumeaux. Elle gloussa pour elle-même, ses lèvres s'incurvant en un sourire.

Noah abaissa ses lèvres contre son oreille, son souffle chaud contre sa chair sensible la faisant frissonner.

« Tu n'es pas obligée de choisir ce soir, Charlotte. Est-ce que tu nous veux tous les deux ? » demanda-t-il.

Charlotte se mordit la lèvre et leva les yeux vers lui. Son expression était sincère, dénuée de jugement. Elle hocha la tête et fut récompensée lorsque Noah effleura son cou de ses lèvres. Une demi-seconde plus tard, Finn embrassa son cou au même endroit de l'autre côté, et Charlotte se crut sur le point de mourir de désir.

« Je reviens tout de suite. Reste avec Noah, » murmura Finn. La merveilleuse chaleur de son corps disparut, mais les bras de Noah encerclèrent sa taille et la serrèrent contre lui. Charlotte ondulait au rythme de la musique, savourant la puissance de Noah tandis qu'ils bougeaient ensemble.

Finn revint au bout de quelques minutes et murmura à l'oreille de Noah. Noah hocha la tête, et ils la prirent tous deux par la main et l'escortèrent hors du club.

9
———————

Charlotte ne quittait pas Noah et Finn des yeux, savourant la manière dont ils l'encadraient en traversant la rue. Ils entrèrent dans le hall somptueux d'un hôtel et passèrent droit devant le bureau de la réception. Charlotte leva vers Finn un regard interrogateur tandis qu'ils entraient dans un ascenseur de cuivre étincelant.

Finn se pencha et posa doucement ses lèvres sur les siennes. Lorsqu'il s'écarta, il lui mit une carte-clé en plastique dans la main. Elle regarda Noah, qui lui adressa un clin d'œil. Ils prirent l'ascenseur en silence pendant une minute, et avant même qu'elle ne s'en rende compte, ils se tenaient devant la porte de la chambre 315.

Charlotte lança de nouveau un coup d'œil à Noah, reconnaissante pour son sourire d'encouragement. Tout en prenant une profonde inspiration, elle glissa la carte-clé dans la fente et ouvrit la porte, les précédant à l'intérieur. La chambre était splendide, entièrement décorée en rose tendre, ivoire et or, mais Charlotte remarqua à peine le décor. La seule chose qui attirait son regard était le lit immense à baldaquin, fraîchement garni d'impeccables draps de lin.

Finn baissa les lumières tandis que Noah la conduisait jusqu'au lit, en la soulevant par la taille afin qu'elle pût s'asseoir au bord du lit surélevé et s'enfoncer dans l'édredon voluptueusement moelleux. Finn approcha et vint se tenir derrière son frère, l'air sombre tandis qu'il regardait Noah s'agenouiller pour retirer les talons aiguilles de Charlotte.

Noah fit remonter le bout de ses doigts le long des tibias de Charlotte jusqu'à ses genoux tandis qu'il venait s'asseoir à côté d'elle. Finn s'assit de l'autre côté, entremêlant ses doigts aux siens. Charlotte baissa les yeux vers leurs mains entrelacées puis les leva vers les yeux lumineux de Finn, de la couleur de l'océan et frissonna lorsque les lèvres de Noah touchèrent son épaule à travers le coton fin de sa robe, puis effleurèrent la peau exposée de son cou.

Finn vit la question dans ses yeux et lui sourit avec douceur, en saisissant son menton entre ses doigts puissants. Il souleva ses lèvres tandis que les siennes descendaient, sa bouche cherchant la sienne en un doux baiser hésitant. Les lèvres de Charlotte s'entrouvrirent, sa langue sortant brièvement à la recherche de Finn. Il était chaud, à la fois doux et épicé, sa langue explorant celle de Charlotte par des caresses sûres, son audace croissant à chaque seconde jusqu'à ce que le baiser devînt torride et avide.

Fin s'écarta au bout d'un moment et adressa un hochement de tête à Noah, attirant son attention sur son jumeau. Charlotte se tourna vers Noah et posa ses mains sur ses épaules tandis qu'elle cherchait sa bouche. Le baiser de Noah fut plus avide, plus féroce que celui de Finn. La langue de Noah domina la sienne en un instant, d'effleurements en légères pressions, la faisant gémir dans sa bouche.

Les doigts de Finn trouvèrent la fermeture éclair dans le dos de sa robe, et l'air frais sur sa peau nue lui donna la chair de poule. Les mains de Noah vinrent tirer les manches de sa robe vers le bas pour en dégager ses bras, puis vinrent se poser sur ses seins à travers son soutien-gorge de dentelle rose. Finn baissa la robe, poussant légèrement Charlotte d'un côté ou de l'autre pour lui retirer complètement sa robe.

Les doigts de Charlotte trouvèrent les boutons de la chemise de Noah et la sortirent de sa ceinture, dévoilant son torse. Elle prit une brusque inspiration en le regardant, en regardant chaque pouce de cette perfection nue, hâlée et musclée. Il était élancé, puissant et ferme, son torse lisse sous ses doigts inquisiteurs.

Elle s'arracha au baiser avide de Noah et se tourna vers Finn, lui retirant en un clin d'œil sa cravate et sa chemise, et le dénudant, lui aussi. Les mains de Noah caressaient ses hanches, ses côtes, la courbe extérieure de ses seins. Finn fit descendre les bretelles de son soutien-gorge le long de ses épaules, et défit l'agrafe sur le devant. Noah retira le morceau de tissu et le jeta de côté, ses mains agrippant sa taille tandis qu'il regardait par-dessus son épaule, admirant ses seins lourds.

Tandis que Noah effleurait de son nez son cou et son oreille, Finn malaxait ses seins, les saisissait à pleines mains et les soulevait. Charlotte haleta lorsqu'il lui pinça les mamelons, puis baissa la tête et donna de petits coups de sa langue chaude sur l'un d'eux.

« Oh oui, Finn ! » s'écria Charlotte en s'arquant contre Noah. Noah glissa une main de l'autre côté pour saisir et serrer son sein libre, la ramenant en arrière sur ses genoux afin que son cul appuie sur sa longue érection épaisse, ne laissant que son pantalon et la culotte fine de Charlotte entre eux.

Charlotte traça le contour des muscles fermes de l'épaule de Finn, descendit sur son torse et ses abdos tendus, jusqu'à ce qu'elle trouve la boucle de sa ceinture. Elle défit son bouton et sa fermeture éclair, repoussant son pantalon jusqu'à ce qu'il ait un petit rire et s'écarte un instant pour l'enlever.

Finn se retrouva uniquement vêtu d'un caleçon blanc, dont le tissu moulait ses attributs et révélait son incroyable taille. Noah se rajusta sous elle, retirant son propre pantalon avant de ramener l'arrière de ses cuisses nues sur ses genoux.

« Penche-toi en arrière, ma chérie, » lui ronronna Noah à l'oreille en soulevant l'épaisse cascade de ses cheveux d'une main. Le bout de sa langue effleura le cartilage de son oreille, la faisant gémir. Une chaleur humide se mit à s'écouler au bas de son corps, et ses seins se contractèrent de désir tandis que Finn frottait son nez contre sa peau sensible et la léchait.

Noah se laissa aller contre les oreillers du lit, attirant Charlotte en arrière avec lui. Finn déplaça ses jambes afin qu'elle fût étendue sur le lit, soutenue par Noah qui tenait ses seins généreux à pleines mains. Finn lui lança un coup d'œil interrogateur tandis que ses doigts tiraient sur l'élastique de sa culotte, descendant lentement pour effleurer le renflement humide de son sexe à travers la dentelle.

« Oui, murmura Charlotte en rougissant lorsque Finn lui retira sa culotte.

— Seigneur, que tu es belle… » dit Finn en se rapprochant et en l'embrassant à nouveau sur les lèvres. Il couvrit d'attentions ses épaules, ses clavicules et ses seins tandis que le bout des doigts de Noah explorait ses hanches, le haut de ses cuisses, son mont de Vénus…

Finn lui écarta les genoux, exposant les boucles humides de son entrejambe nu et chaud. Charlotte poussa un cri lorsque les doigts de Noah effleurèrent le haut de sa fente, désormais si prête qu'elle en était glissante. Les bouts de deux larges doigts firent le tour de son clito douloureux tandis que Finn usait de ses dents sur son mamelon, lui administrant de rapides et douces morsures qui la faisaient gémir et se tortiller.

Charlotte s'abandonna à ces sensations, et ses yeux se fermèrent lentement tandis que Noah caressait doucement son clito en cercles. Les doigts de Finn trouvèrent son centre humide, et deux doigts épais la sondèrent avant de s'enfoncer profondément dans son passage étroit et humide. Le bassin de Charlotte tressaillit, son humidité inondant son bas-ventre et recouvrant les doigts de Finn.

Les mains de Noah vinrent se poser sur ses hanches, ajustant son corps une fois de plus. En ouvrant les yeux, Charlotte vit Finn se baisser sur ses coudes, en déposant un sillage de baisers torrides depuis son genou le long de l'intérieur de sa cuisse jusqu'à ce que son nez effleure ses lèvres inférieures glissantes.

« Oh mon Dieu... » murmura-t-elle en donnant un coup de reins à la rencontre du premier contact de ses lèvres contre son clito palpitant. Noah lui pencha la tête en arrière, suçant et mordillant son cou avant de s'emparer de sa bouche en un baiser torride.

Les lèvres et la langue de Finn léchaient et tournoyaient autour de son clito, la menant à l'extrême limite tandis que la langue de Noah s'enfonçait dans sa bouche, lui volant son souffle. Les caresses de Noah sur ses seins, les pulsations régulières de la bouche chaude de Finn qui suçait et léchait son clito...

Charlotte explosa, ténèbres et lumières et toutes les couleurs imaginables éclatant en elle tandis qu'elle donnait des coups de reins contre ses deux amants, en poussant un cri guttural. Tandis que ses yeux se rouvraient en papillonnant, son cœur battant la chamade dans sa poitrine, elle gloussa faiblement.

« Finn... » dit-elle en le soulevant du lit. Elle donna à Finn un long et profond baiser, goûtant sur lui sa propre essence et trouvant cela très érotique. Charlotte prit une brusque inspiration en s'efforçant de ralentir les battements de son cœur, et remarqua à quel point son corps tout entier tremblait.

Noah effleura son oreille de son nez, ses mains agrippant ses hanches.

« Tu en veux plus, Charlotte ? demanda-t-il.

— Je vous veux tous les deux, dit-elle, hésitante. Mais je ne sais pas comment… comment ça marche. »

Le petit rire entendu de Noah fit courir une explosion de chaleur le long de son échine.

« Alors tu nous auras tous les deux, dit-il.

— Pourquoi est-ce que vous portez toujours des vêtements, tous les deux, alors que je suis complètement nue ? les taquina Charlotte, que le désir manifeste de Noah et Finn pour elle rendait audacieuse.

— On est des imbéciles, » dit Finn en déposant un baiser sur sa nuque tandis qu'il se levait et retirait son boxer. Noah imita ses gestes, et ils eurent tous deux un petit rire tandis que Charlotte fixait la perfection de leur nudité de ses yeux de plus en plus grands. Chacun des jumeaux avait la queue la plus longue, la plus épaisse et la plus superbe que Charlotte eût jamais vue.

Noah lança un coup d'œil à Finn et fit un geste discret. Finn prit la place de Noah et s'allongea en travers du lit, la tête posée sur un oreiller. Il prit sa queue dans sa main et la gratifia d'une caresse ferme, en se léchant les lèvres tandis qu'il regardait Charlotte de la tête aux pieds.

« Viens ici, l'appela Finn. Mets-toi à cheval sur moi, Charlotte. Tu étais tellement étroite autour de mes doigts, j'ai hâte de te baiser. »

Charlotte resta un instant bouche bée, surprise par le ton direct de Finn, mais Noah lui donna une légère tape sur le cul qui la fit bouger. Elle regarda un instant Noah en se mordant la lèvre.

« Ne t'occupe pas de moi pour l'instant, ma chérie, lui dit Noah. Montre-moi comment tu chevauches sa queue. »

Charlotte rougit, savourant chacun des mots cochons qui sortaient de sa bouche. Elle monta sur le lit, à cheval sur Finn. Elle fit courir ses doigts le long de son érection, en se mordant la lèvre tout en pensant au plaisir qui l'attendait. Charlotte n'avait jamais été si coquine, si avide. Elle ne s'était jamais sentie aussi libre. Chaque étincelle de plaisir ne faisait que lui en faire désirer davantage de la part des deux hommes, et elle avait envie de faire l'expérience de tout ce qu'ils avaient à offrir.

Finn prit sa queue dans son poing, la souleva et la guida jusqu'à ce que le bout épais appuie contre son centre. Charlotte descendit, savourant le grognement de supplicié de Finn tandis que son canal étroit s'étirait pour s'adapter à son épaisseur et à sa longueur. Il la comblait si entièrement, tandis qu'il s'enfonçait dans son étroitesse à coups de reins, la faisant crier son nom.

Finn imposa un rythme lent et profond, ondulant contre son corps. Il saisit fermement ses hanches pour la stabiliser tandis qu'elle se mettait à bouger, le chevauchant en lents mouvements de va-et-vient. Elle sentit les mains de Noah effleurait son dos tandis qu'il s'agenouillait derrière elle, saisissant à pleines mains, ses hanches et ses seins, l'encourageant à aller plus vite.

« Prends-le bien profond, Charlotte, » ronronna Noah, dont les dents lui mordillaient la nuque. Les mains de Noah la poussèrent en avant, l'amenant plus près de Finn, qui l'embrassa profondément en faisant des va-et-vient en rythme avec les mouvements de son bassin. Charlotte se perdit en Finn, son baiser et sa queue attisant le feu qui brûlait dans le bas de son corps, embrasant à nouveau son sang d'une passion torride.

La main de Noah caressa le bas de son dos, vint se poser

sur son cul nu. Lorsque le bout de ses doigts effleura le pli tendre entre ses fesses, elle perdit son rythme. Elle rompit son baiser avec Finn, qui tourna tout juste son visage pour lécher et embrasser son cou. Leur rythme ralentit tandis qu'elle essayait de deviner le plan de Noah.

« Fais-moi confiance, ma chérie, » murmura Noah. Le bout d'un seul doigt descendit, descendit, descendit encore jusqu'à appuyer sur l'anneau de muscle serré entre ses fesses. « Je vais te toucher ici et te faire jouir. »

Le contact de Noah disparut pendant un instant, et il roula à bas du lit. Lorsqu'il revint, d'un doigt doucement inquisiteur, il étala une substance fraîche et glissante sur son orifice étroit.

« Détends-toi pour moi, Charlotte, l'encouragea Noah. Finn te donne beaucoup de plaisir, il met le feu à ton corps… Allez, détends-toi pour moi. Tu n'as pas besoin de bouger, laisse Finn faire tout le boulot. »

Charlotte chercha à nouveau le baiser de Finn, en gémissant tandis qu'il recommençait à donner ses coups de reins lents et profonds. Elle se concentra sur le plaisir, et poussa un gémissement lorsque Noah enfonça le bout de son doigt dans son corps, glissant profondément son doigt en territoire interdit.

Elle rougit et poussa un cri lorsque Noah introduisit un second doigt et les glissa tous deux profondément, faisant éclore une nouvelle chaleur étrange dans son corps.

« C'est très bien, » dit Noah en se servant de ses doigts pour imiter le même rythme de va-et-vient auquel Finn comblait son canal. Juste au moment où Charlotte commençait à se contracter et à brûler véritablement de désir à l'approche de son orgasme, Noah se retira et répandit davantage de cette crème froide sur son cul.

« Je vais te prendre, Charlotte, lui dit Noah. Tu vas jouir plus fort que tu n'as jamais joui dans ta vie, je te le promets. »

Charlotte regarda Finn, le cœur battant la chamade dans sa poitrine. Finn l'embrassa et lui adressa un léger hochement de tête, et elle hocha la tête en réponse. Finn ralentit ses mouvements, s'arrêtant presque tandis qu'il maintenant le bassin de Charlotte immobile pour Noah. Finn glissa sa main entre leurs corps, ses doigts effleurant le clito de Charlotte, la faisant se mordre la lèvre pour retenir le cri qui montait dans sa gorge.

Les cuisses de Noah effleurèrent un instant le cul nu de Charlotte, puis elle sentit le bout arrondi de sa queue à l'entrée de son cul. Finn donnait en elle de lents coups de bassin, mais Charlotte était focalisée sur la pression brûlante de la queue de Noah dans son cul. Noah progressait lentement, centimètre par centimètre, agrippé à ses hanches et sifflant entre ses dents tandis qu'il étirait sa chair hyper-sensible.

Finn lui pinça le clito, lui arrachant un cri, et Noah plongea profondément au même moment.

« Putain, qu'est-ce que t'es étroite. J'peux pas... » jura Noah, laissant sa phrase en suspens. Le cœur battant à tout rompre, le corps en feu, le clito palpitant, Charlotte aurait néanmoins tout donné pour voir le visage de Noah à cet instant.

Elle souleva son bassin et se pressa contre Noah, en savourant la délicieuse brûlure d'être à ce point... comblée. Finn poussa un grognement, le souffle laborieux. Noah imposa le rythme, donnant des coups de reins puis se retirant, guidant les mouvements de Charlotte tandis qu'elle chevauchait la queue de Finn.

Charlotte poussa un cri, son corps comblé par les deux hommes, avide de jouissance.

« Noah... Finn... S'il vous plaît... » geignit-elle.

Ils bougeaient comme un seul homme, donnant des coups de reins rapides et puissants, sans que les doigts de Finn ne quittent jamais le clito de Charlotte. Pendant un instant, elle fut suspendue dans le temps, les sensations et les sons se propageant par vagues dans tout son corps, simple intermédiaire à leur plaisir.

Sa jouissance arriva en un instant, chassant de son esprit toute pensée, tout choix et toute connaissance. Son corps se contracta, ses muscles tendus frémissant autour des deux queues qui l'emplissaient. La chaleur, la lumière et les couleurs dans son esprit n'avaient ni début ni fin, une vaste étendue de pure plaisir, déraisonnable et ardente.

La seule chose qui la fit redescendre fut le grondement de Noah dans son oreille et le cri que poussa Finn en réponse, tandis que les deux hommes se raidissaient pendant une fraction de seconde avant de pilonner son corps sans le moindre rythme, chacun faisant jaillir leur semence chaude et salée au plus profond de son corps. Le corps tout entier de Charlotte tremblait tandis que les deux hommes la prenaient bestialement, réduisant son désir brûlant en cendres, l'ébranlant jusqu'au fond de son être.

Noah se retira et s'effondra sur le lit à côté de son jumeau. Au bout d'un long moment de communication haletant et silencieuse entre les deux hommes, Noah montra ses dents à Finn et poussa un grognement presque menaçant. Charlotte se crispa, ne comprenant pas cette soudaine agressivité, mais Noah l'attirait déjà dans ses bras, loin de son jumeau.

Noah passa ses bras autour d'elle et l'allongea sur son propre corps, s'emparant de ses lèvres en un baiser pénétrant et brûlant. Il lui caressa les cheveux, balayant la masse tombée dans son dos collant de sueur afin de pouvoir caresser son dos en cercles, de haut en bas, l'apaisant et la chérissant.

« Noah… murmura Charlotte, dont le souffle devenait plus lent et plus profond.

— Chut, ma chérie, » dit Noah en l'embrassant sur le

sommet du crâne. Il continua de caresser son dos nu, même après les avoir tous deux couverts d'une mince couverture.

Charlotte sentit le matelas bouger, et une part d'elle sut que le gentil Finn fuyait le lit. Mais elle était si fatiguée, et les caresses de Noah étaient si agréables…

Ses yeux se fermèrent, malgré tous ses efforts, et les ténèbres s'emparèrent bientôt de son corps et de son esprit exténués.

10

Noah émergea lentement du sommeil léger qu'il avait trouvé, le corps chaud de Charlotte encore enveloppé dans ses bras. Il tourna la tête à la recherche de son jumeau, et vit qu'il était sorti sur l'étroit balcon en béton de la chambre d'hôtel.

Après avoir doucement dégagé Charlotte de ses bras et l'avoir blottie dans l'épais couvre-lit, Noah se leva et enfila son caleçon. En sortant sur le balcon, il vit que Finn avait enfilé son pantalon de costume et était en train de boutonner sa chemise. Finn avait le regard perdu au loin sur les toits de Saint-Louis, que des rayons de soleil commençaient à doucement illuminer depuis le point le plus à l'est de l'horizon.

Finn ne se tourna pas vers Noah, mais sa mâchoire serrée et ses gestes raides rendaient son mécontentement assez évident.

« Quoi ? demanda Noah en croisant les bras sur sa poitrine et en s'appuyant sur la rambarde de métal du balcon.

— Je n'ai rien dit, » dit Finn en évitant le regard de Noah. Il continua de s'habiller, rentrant sa chemise dans son pantalon et passant une main dans ses cheveux.

« Vilaine gueule de bois ? » demanda Noah dans une tentative de faire la conversation, de détendre un peu son frère. Finn fronça les sourcils et entreprit de mettre ses chaussures, penché en avant pour attacher les lacets.

« D'accord, sérieusement. Qu'est-ce que tu as ? voulut savoir Noah.

— Rien, insista Finn en se redressant et en écrasant Noah sous un regard de pierre.

— Tu parles. Je peux *sentir* ton mensonge, Finny. Pourquoi est-ce que tu te comportes à ce point comme un connard ? » demanda Noah.

Finn croisa les bras et s'adossa contre le mur d'en face, en tournant la tête pour regarder à nouveau les toits.

« C'est juste comme d'habitude, c'est tout. Qui peut résister à Noah Beran ? Pas Charlotte, de toute évidence. »

Noah répondit à son jumeau par un grondement.

« Tu n'es tout de même pas sérieux, là, avec ta connerie de jalousie ? Elle ne m'a pas choisi, elle nous a choisi tous les deux ! On y a goûté tous les deux, et je ne me rappelle pas t'avoir entendu te plaindre quand tu étais enfoncé en elle jusqu'aux couilles.

— Rien n'a changé depuis hier soir. J'ai vu la manière dont Charlotte te regardait, avec des étoiles plein les yeux. Je t'ai entendu l'appeler "chérie". On sait tous les deux comment ça va finir, dit Finn. Elle est probablement déjà pratiquement amoureuse de toi. Le Prince Charmant, qui se pointe au douzième coup de minuit pour ravir le cœur de la damoiselle. On voit clairement qui elle préfère.

— C'est toi qui as décidé ça, pas vrai ? le défia Noah.

— Je n'ai rien décidé du tout. Je n'ai jamais eu la moindre chance, siffla Finn.

— On n'est plus au lycée, Finn. Charlotte n'est pas Rebecca Hastings, » dit Noah, amenant sur le tapis la première fille pour laquelle ils s'étaient battus.

Finn tressaillit, et Noah fut surpris de voir que son jumeau était toujours sensible au sujet d'une chose qui s'était produite entre eux plus de dix ans auparavant. Voyant qu'il gardait le silence, Noah insista.

« Bon sang, t'es un adulte, Finn. Si tu veux quelque chose, prends-le. Si c'est difficile, tu te bats pour l'obtenir. Tout le monde autour de toi fait des choix, va de l'avant, profite de la vie. Tu es le seul à simplement… piétiner, cracha Noah.

— Comme si c'était ce que je veux ! s'exclama Finn. Tu crois que j'ai envie d'être celui qui reste près de chez ses parents ? Tu crois que j'ai envie d'être le petit garçon à sa maman de la famille ? »

Noah éclata de rire.

« Premièrement, ça, c'est Gavin. Deuxièmement, le choix n'appartient qu'à toi ! Si ta vie ne te plaît pas, change-la !

— C'est facile à dire pour toi. Tu te fixes toujours des objectifs et tu les poursuis, sans te préoccuper de nous autres. Quand P'pa est tombé malade, il n'y avait que Gavin, M'man et moi pour s'occuper de lui. Vous autres, vous étiez tous partis vivre vos rêves pendant que moi je jonglais entre les séjours à l'hôpital, les séances de chimiothérapie et… »

Finn s'interrompit avec un soupir agacé. Il leva les yeux vers Noah, le regard brûlant de reproche.

« J'ai été admis dans quatre cursus de doctorat du plus haut niveau. Tu le savais, ça ? Cornell, Yale, Stanford, l'Université de New-York. J'ai passé toutes les admissions haut la main. »

Noah battit des paupières, perplexe.

« Ah bon ?

— Ouais. J'avais l'intention d'obtenir un doctorat pour pouvoir enseigner au niveau universitaire, » dit Finn, l'air plus furieux que jamais.

« Je l'ignorais complètement, admit Noah.

— Ouais, bah, j'ai bossé dur. Ma thèse de premier cycle a

été publiée, ce que personne dans la famille n'a daigné remarquer. Mais ça n'a eu aucune importance, parce qu'avant que j'aie pu choisir une école, P'pa a eu son diagnostic. Qu'est-ce que j'étais censé faire, dire à M'man et Gavin que j'étais trop occupé à viser les étoiles pour leur filer un coup de main ? »

Finn poussa un grognement dégoûté.

« P'pa est en rémission depuis plus d'un an, Finn. Plus rien ne te retient ici à présent, non ? argua Noah avec un ample geste de la main.

— Il y a toujours de nouveaux problèmes à régler, dit Finn avec un éclat déterminé dans le regard.

— Et tu continueras toujours à courir dans tous les sens, et de tout faire pour le clan Beran. Pourtant, étrangement, malgré tous ces efforts, tu n'es même pas dans la course pour prendre la place d'Alpha de P'pa. Gavin non plus, » soupira Noah.

À l'expression glaciale sur le visage de Finn, Noah sut qu'il avait trouvé un point sensible.

« Eh bien, c'était super, tout ça, dit Finn en secouant la tête. Vraiment, quels merveilleux moments passés avec mon autre moitié.

— Ça a toujours été toi, l'instigateur de ces plans à trois bizarres, dit Noah avec un haussement d'épaules. Tu étais plutôt comblé il y a deux heures de ça.

— Ouais, bah maintenant, je ne le suis plus. Tu dis qu'il est temps que j'élève mes attentes ; autant commencer tout de suite, j'imagine. »

Sur ces paroles, Finn dépassa Noah en le frôlant et retourna dans la chambre d'hôtel. Il s'arrêta et déposa un baiser sur la tête de Charlotte. Elle remua et soupira, mais ne se réveilla pas. Finn quitta la suite d'un pas décidé sans un regard en arrière, laissant Noah seul avec une superbe blonde plantureuse et son esprit rempli de sombres pensées.

11

Charlotte faisait les cent pas dans son salon, son téléphone portable à la main et s'efforçait de rassembler le courage de passer un simple coup de fil. Elle fit défiler son répertoire, et son pouce resta suspendu au-dessus de *Noah Beran*.

« Arrête de te comporter comme une poule mouillée, se réprimanda-t-elle. C'est juste un mec. C'est pas la mer à boire. Appelle-le et propose-lui un autre rencard. »

Évidemment, Noah n'était pas vraiment un mec parmi tant d'autres, si ? Charlotte eut des papillons dans le ventre en pensant à leur dernière sortie ensemble, à l'intense expérience sexuelle qu'elle avait partagée avec Noah et Finn. Lorsqu'elle s'était réveillée dans les bras de Noah, Finn nulle part en vue, sa confusion avait rapidement fait place à une gêne qui l'avait faite rougir jusqu'au fond de son âme à l'idée de ce qu'ils avaient fait seulement quelques heures plus tôt. Ce qu'elle avait encouragé Noah et Finn à faire à son corps. La manière dont elle avait atteint l'orgasme le plus fort, long et meilleur que tout ce qu'elle avait connu auparavant.

Lorsque Noah s'était réveillé, son examen minutieux avait

été trop pour Charlotte. Sa main avait effleuré sa hanche, l'embrasant à nouveau, et elle avait paniqué. Déclinant sa proposition de petit-déjeuner paresseux au lit, impliquant une autre partie de jambes en l'air dévastatrice, elle s'était habillée et avait pris la fuite. Noah avait à peine eu le temps de rentrer son numéro dans son téléphone avant qu'elle n'ait franchi la porte en se flagellant mentalement pour son absolue maladresse.

Trois jours plus tard, elle en avait assez de se rendre folle à force de doutes et de récriminations. Charlotte était curieuse au sujet de Noah, et ne parvenait pas à le chasser de son esprit. La sensation de ses mains sur sa peau semblait gravée au fer rouge dans sa conscience. C'était différent de ce qu'elle avait ressenti jusque-là pour d'autres hommes, plus… grave, d'une certaine manière.

Tout en inspirant profondément, elle appuya sur le bouton d'appel. Noah décrocha à la troisième sonnerie.

« Charlotte ? » demanda-t-il dans un grondement grave. Charlotte frissonna et hocha la tête, puis rougit en réalisant qu'il ne pouvait pas voir son geste.

« Salut, Noah, soupira-t-elle.

— Je me demandais quand tu allais appeler. J'ai fait le tour de la plupart des attractions touristiques intéressantes de Saint-Louis, plaisanta-t-il.

— Tu es toujours là ? demanda-t-elle, le cœur serré.

— Bien sûr. Je ne pense pas que tout soit fini entre nous, et toi ? »

Charlotte se figea un instant, surprise.

« Non, je dirais que non, finit-elle par dire.

— J'espère que tu appelles parce que tu as envie de me voir, dit Noah.

— En effet, dit Charlotte. Je me suis dit que tu sortirais peut-être avec moi ce soir, si tu es libre.

— Carrément. On ferait quoi ? demanda Noah.

— Il y a un restaurant italien que j'adore en centre-ville, je me suis dit qu'on pourrait y aller. Ou on pourrait aller voir un spectacle au Fox Theater, suggéra-t-elle.

— Je préfère un dîner. J'aimerais bien qu'on puisse discuter, apprendre à se connaître un peu mieux, dit Noah. Tu sais, pour t'éblouir avec ma personnalité. »

Charlotte ne put s'empêcher de glousser.

« Très bien, acquiesça-t-elle. Je t'enverrai l'adresse par SMS. Sept heures, ça te va ?

— Pas autant que sur-le-champ, mais je vais faire avec ce qu'on me donne. »

Charlotte éclata à nouveau de rire avant de lui dire au revoir et de raccrocher. Tout en serrant son téléphone contre sa poitrine, elle se mordit la lèvre pour réprimer un petit cri d'excitation. Elle avait un autre rencard avec Noah Beran !

12

Charlotte était assise à table en face de Noah et s'efforçait de le reluquer discrètement pendant qu'il parcourait le menu. À la lumière des chandelles, elle remarqua que ses cheveux foncés avaient de subtils tons caramel, des reflets naturels pour lesquels n'importe quelle femme brune aurait été prête à tuer. Ces teintes caramel flirtaient avec le hâle uniforme et naturel de sa peau ; Charlotte rougit en réalisant qu'elle savait que le hâle de Noah était naturel, parce qu'elle l'avait vu nu comme un ver et avait remarqué qu'il ne portait aucune marque de bronzage.

Au bout de quelques instants, Charlotte s'aperçut que le regard bleu-vert incendiaire de Noah était posé sur son visage, ses lèvres incurvées vers le haut, l'air amusé.

« Tu penses à quelque chose d'intéressant ? » demanda-t-il, et Charlotte rougit encore plus.

Son téléphone vibra sur la table, et elle le regarda en fronçant les sourcils. Elle prit son téléphone et le fourra dans son sac.

« Désolée. Euh, non. Rien d'intéressant du tout, mentit-elle en ouvrant son menu et en feignant un profond intérêt pour la longue liste de pâtes et d'entrées.

— On commande du vin ? » demanda Noah.

Charlotte fit une grimace.

« J'ai abusé samedi. La seule idée du vin me retourne l'estomac, admit-elle. Je crois que j'ai bu plus d'une bouteille toute seule. »

Noah hocha la tête avec sagesse.

« Des calamars, ça te tente ? » demanda-t-il. À voir l'expression de son visage, il était évident que la seule réponse correcte était l'affirmative. Avant qu'elle n'ait pu répondre, le téléphone de Charlotte bourdonna à nouveau.

« Je suis désolée. Ça va s'arrêter dans une seconde. Je ne sais pas qui m'appellerait maintenant, à part... » Elle s'interrompit en se mordant la lèvre. *À part le travail*. Ç'aurait facilement pu être l'hôpital qui l'appelait pour lui donner des informations vitales sur l'un de ses patients, bien qu'elle ne reprît pas le travail avant le soir suivant.

« Charlotte. » Noah tendit la main et posa son menu à plat sur la table, puis recouvrit sa main de la chaleur de la sienne. « Prends-le, cet appel. Ce n'est pas grave. »

Après un autre instant d'hésitation coupable, Charlotte hocha la tête. Elle prit son téléphone et consulta ses SMS, et eut aussitôt l'estomac noué.

« La tête que tu fais n'annonce rien de bon pour notre soirée, » commenta Noah. Charlotte leva vers lui, avec un sentiment croissant de culpabilité dans la poitrine tandis qu'elle s'efforçait de rester calme.

« C'est mon travail. L'une de mes patientes à long terme ne va pas bien. Elle risque de ne pas passer la nuit, soupira-t-elle.

— Je comprends, dit Noah en se levant.

— Je suis vraiment désolée, je n'aurais pas organisé notre rendez-vous ce soir — commença Charlotte.

— Ne pense même pas à t'excuser. Allons-y, dit Noah.
— On peut remettre ça à plus tard, dit Charlotte.
— Déjà, je t'emmène à l'hôpital, d'accord ? demanda Noah.
— Oh... Charlotte se tut, prise au dépourvu. Je comptais juste prendre le train. »

Noah la regarda longuement en pinçant les lèvres.

« Je ne crois pas, » dit-il. Il sortit son portefeuille et jeta un billet de vingt sur la table, bien qu'on ne leur eût encore rien servi d'autre que de l'eau. « J'ai laissé ma voiture au voiturier. Allons chercher ton manteau, chérie. »

Charlotte le suivit, incapable de réprimer le frisson qui glissa sur sa peau en l'entendant employer de manière si décontractée ce surnom affectueux. Noah prit les commandes, récupéra son manteau et la voiture en un rien de temps, et avant même qu'elle n'ait eu le temps de s'en rendre compte, le voilà qui se garait sur une place de parking devant l'hôpital.

Lorsque Noah descendit de la voiture et fit le tour pour lui ouvrir la portière, Charlotte se sentit encore plus coupable. Non seulement il prenait plus que calmement leur rendez-vous gâché, mais il se comportait en parfait gentleman. Puis, d'une certaine manière, Noah réussit l'exploit d'aller encore plus loin.

« Je monte avec toi. Je ne te gênerai pas, c'est promis, dit-il en lui souriant avec douceur.
— Oh, Noah... Il se peut que je reste ici toute la nuit, dit Charlotte en secouant la tête.
— J'ai des tas de livres sur mon téléphone. Je sympathiserai avec les infirmières, dit-il en la prenant par le bras et en l'escortant à l'intérieur par les grandes portes vitrées automatiques de l'hôpital. Ne t'en fais pas pour moi, d'accord ? »

Charlotte inspira profondément et plongea en avant, le conduisant jusqu'à l'ascenseur du personnel et monta avec lui jusqu'à l'aile où elle travaillait. À la seconde où elle arriva dans son service, toutes les infirmières sans exception les dévisagèrent. Plus précisément, elles dévisagèrent le mec incroyablement canon à son bras.

Connie, son amie la plus proche parmi les infirmières, haussa un sourcil. Connie observa la robe vert sauge de Charlotte et ses chaussures à talons blanches, l'élégant costume bleu de Noah et sa cravate, puis sa propre blouse rose couverte de petits canards en plastique.

« Tu as amené un invité ? demanda Connie, dont les yeux chocolat dévoraient Noah pouce par pouce, de la tête aux pieds.

— Ouais... On a été un peu... interrompus, soupira Charlotte. Elle fit de rapides présentations. Connie, voici mon ami Noah. Noah, voici Connie. Elle peut t'installer dans un endroit confortable et aller te chercher quelque chose à boire si tu veux. »

Charlotte supplia Connie du regard, et déglutit lorsque Connie lui décocha un sourire malicieux en retour.

« Je vais bien m'occuper de ton homme, c'est promis, dit Connie.

— D'accord. Je vais chercher une blouse et un masque et je vais voir Sarah, » dit Charlotte, en parlant de sa patiente de sept ans atteinte de leucémie myéloïde aiguë.

Le sourire de Connie se fana, et son regard se radoucit. Elle hocha la tête et tapota l'épaule de Charlotte, puis se détourna pour conduire Noah dans la salle d'attente. En s'éloignant dans le couloir, Charlotte lança un seul regard en arrière et vit Noah qui la regardait, l'air pensif et inquiet. L'estomac noué, elle se força à se retourner et à se concentrer sur sa patiente. Aux yeux de Charlotte, ses patients passeraient toujours avant les hommes dans sa vie, aussi sexy et merveilleux pussent-ils être.

13

Les yeux troubles et émotionnellement épuisée, Charlotte retira sa blouse et son masque et les jeta dans la poubelle près du poste des infirmières. Elle avait depuis longtemps troqué ses talons pour des chaussures plates et pratiques qui se trouvaient dans son vestiaire, une paire de rechange dont elle se servait souvent pour les interventions en pleine nuit comme celle-ci.

Elle consulta son téléphone et soupira en voyant qu'il était presque quatre heures du matin. Elle avait raté une demi-douzaine de textos d'Abby, qui lui demandait comment s'était passé son second rencard. Charlotte poussa un soupir d'épuisement et ramassa ses affaires. Avec l'impression d'être un zombie, elle se dirigea vers les ascenseurs. Lorsque deux grandes mains se posèrent sur sa taille, elle poussa un véritable hurlement et sursauta.

C'était Noah, l'air tout froissé et pourtant, curieusement, toujours délicieux.

« Tu — tu es toujours là, » croassa Charlotte. En le voyant, le peu de résistance qui lui restait s'effondra, et les larmes lui montèrent aux yeux. Elle n'avait pas pleuré de la nuit avant de lever son regard vers ces yeux d'un vert marin, et d'y voir sa propre tristesse reflétée.

« Là, là, » dit Noah d'une voix douce. Il la fit pivoter et baissa les yeux vers elle, ses yeux scrutant son visage. « Est-ce que ça va ?

— Non, » dit Charlotte en s'affaissant. Noah l'attira alors à lui et passa ses bras autour d'elle, la maintenant debout tout autant qu'il la serrait contre lui. Il était si grand, chaud et ferme, et son contact était si agréable dans ce moment de faiblesse totale. Ils restèrent ainsi pendant une ou deux minutes, Charlotte retenant ses larmes tandis qu'elle laissait Noah la réconforter.

« Allez, je te ramène chez toi, suggéra Noah en repoussant une mèche de cheveux égarée de son visage. Charlotte ne pouvait qu'imaginer qu'elle avait l'air d'une véritable épave.

— En fait... dit Charlotte en secouant la tête. Il y a une chose que je dois faire. Un rituel, j'imagine. »

Noah haussa un sourcil, mais il se contenta d'attendre patiemment son explication.

« Quand je perds un patient, il y a un resto où je vais pour prendre un dernier repas en leur honneur. Ça paraît idiot, mais c'est un peu une manière de… » Charlotte haussa les épaules, laissant sa phrase en suspens.

« Clore les choses, » proposa Noah.

Charlotte leva le menton pour le regarder. Noah plaisantait beaucoup, et c'était follement sexy, mais il y avait autre chose chez lui, tapi sous la surface. Quelque chose de sombre, une part de lui qui comprenait la souffrance et la mort. En pensant à sa grande famille et à ses allures de privilégié, elle se demanda comment il avait acquis une telle profondeur.

« C'est ça, finit-elle par dire. De clore.

— J'espère qu'ils servent des omelettes, dans ton resto, »

dit Noah en lui adressant à nouveau un de ces sourires. Cette fossette mortelle passa en un éclair sur sa joue, et dans son état de fragilité actuel elle se dit que son cœur risquait bien de lâcher sur-le-champ.

« Tu n'es vraiment pas obligé de venir, dit-elle.

— On ne va même pas avoir cette conversation. Allez, viens, dit Noah en la prenant par la main tandis qu'il appuyait sur le bouton pour appeler l'ascenseur. Je *meurs* de faim. »

Pour la seconde fois ce soir-là, Charlotte laissa Noah prendre les rênes, bien qu'aucune de leurs activités ne lui profitât le moins du monde. Tandis qu'ils roulaient en silence vers le restaurant, Charlotte prit conscience du fait qu'il lui faudrait sérieusement réviser son jugement quant à la personnalité de Noah.

14

Noah s'installa dans le box étroit du restaurant en face de Charlotte, avec l'impression d'être un peu sonné. Il avait déjà vu plusieurs facettes d'elle : la femme Berserker dévouée, la dragueuse sociable, la cousine protectrice. La conquête avide de plaisir, qu'il n'oublierait certainement jamais.

Mais cet aspect de Charlotte, cette créature profondément compatissante… c'était une idée à laquelle il avait du mal à se faire. Ses yeux étaient cernés de rouge, ses joues rosies à force d'avoir pleuré, ses cheveux relevés en une queue de cheval désordonnée. Elle avait changé de chaussures à un moment donné, ce qui la rendait nettement plus petite que ce à quoi il était habitué. Et pourtant, elle était plus belle que jamais.

Noah s'aperçut que Charlotte rougissait sous son regard admiratif. Il s'empara d'un menu, et examina la liste limitée de plats afin de détourner son attention d'elle. Après avoir commandé une véritable montagne de nourriture pour lui-même plus des pancakes et du café pour Charlotte, il s'aperçut que les mots lui manquaient. Son mode opératoire normal était la légèreté, ce qui ne collait pas du tout au vu de la nuit pénible qu'avait passée Charlotte. Fort heureusement, elle le sauva.

« Alors, combien de magazines nuls est-ce que tu as lu pendant que je travaillais ? » demanda Charlotte.

Noah eut un large sourire, ravi qu'elle lui facilite à ce point les choses.

« Je n'ai dû en lire que trois en entier, en réalité. Connie m'a présenté à un des tes patients et on a passé un long moment ensemble. »

Les sourcils de Charlotte firent un bond de surprise, et Noah se sentit presque insulté par sa réaction.

« Qui ? demanda-t-elle en plissant le front.

— Max. Il a été formidable, » dit Noah en conservant un ton désinvolte. En réalité, la jeune panthère métamorphe avait commencé avec une attitude sacrément revêche. Mais les choses avaient rapidement changé lorsque Noah avait remarqué la Xbox du gamin.

« Il t'a parlé ? demanda Charlotte, dont l'expression devint sceptique.

— Ouais. On a joué à Metal Gear Solid pendant, genre... quatre heures. Il a dit qu'il avait du mal à dormir. »

Charlotte hocha lentement la tête.

« Ouais. C'est un pré-ado typique, il garde tout à l'intérieur, mais il est vraiment malade.

— Est-ce que c'est — est-ce que ce serait indiscret de ma part de demander ce qui ne va pas chez lui ? demanda Noah.

— Il a un ostéosarcome, un cancer des os. C'est très douloureux, dit Charlotte, les yeux baissés tandis qu'elle tripotait sa tasse de café.

— Où est sa famille ? » demanda Noah. Lorsque l'expression de Charlotte s'assombrit, il se demanda s'il n'était pas allé trop loin.

« Max dépend de l'assistance publique. Ça fait maintenant

des années qu'il entre et sort de l'Hôpital des Enfants et il n'a jamais eu les mêmes parents d'accueil plus d'une ou deux fois. Personne ne veut s'encombrer d'un gamin aussi malade. »

Noah fronça les sourcils.

« Et les félins métamorphes du coin, alors ? Est-ce qu'ils ne devraient pas s'occuper de lui ? demanda-t-il.

— Il n'y a pas de groupe de panthères dans cette partie du pays, et les lions n'ont pas l'air de s'en soucier. Crois-moi, j'ai essayé.

— Eh ben… » Noah essaya de trouver les bons mots, puis secoua la tête. « Putain, ça craint. »

Charlotte hocha la tête et but une gorgée de café.

« Alors vous vous êtes bien entendus, tous les deux, hein ? » demanda-t-elle. Ses yeux débordaient d'une émotion inconnue, quelque chose que Noah était loin d'arriver à déchiffrer.

« Ouaip. Je lui ai dit que je reviendrais dans la semaine. »

Charlotte se renfrogna carrément, et sa soudaine intensité fit se dresser les cheveux sur la nuque de Noah.

« Tu ne devrais pas lui faire de promesses. Les gamins comme Max ont l'air dur, mais ils se sentent vraiment seuls. »

Noah leva les mains, sur la défensive.

« J'ai seulement dit que j'allais revenir dans la semaine, et je vais le faire, dit-il.

— Je n'ai pas — Charlotte s'interrompit, et soupira. Seulement, ne lui promets rien d'autre, d'accord ? Il en a tellement bavé. Il a besoin de stabilité. »

Et pas Noah Beran le globe-trotter, semblait être ce qu'elle ne dit pas. Le discours de Charlotte commençait à ressembler terriblement à celui de Finn.

La serveuse apporta leurs plats et ils s'y attaquèrent. Noah n'avait pas eu conscience d'avoir aussi faim avant d'être venu à bout d'une montagne de bacon et de pain perdu, en plus d'une omelette.

« Cet endroit est incroyable, dit-il lorsqu'il eut terminé, en empilant ses assiettes vides au bord de la table. J'ai mangé dans beaucoup de petits restos, et celui-ci est dans mon top cinq. À l'aise. »

Charlotte gloussa.

« Je suis vraiment ravie d'avoir réussi à t'impressionner, le taquina-t-elle.

— Eh bien. Ce n'est pas un petit-déjeuner à Paris, mais bon sang, c'est pas dégueu.

— Je mange souvent ici. Pas seulement après… tu sais, qu'un patient soit décédé. C'est de la nourriture réconfortante, c'est sûr, dit-elle. Quoique d'habitude, je ne suis pas aussi dévastée. Sarah a passé presque un an avec nous. Je pensais qu'elle allait franchir le cap et entrer en rémission. »

Il y eut une longue pause dans la conversation tandis que Noah essayait de trouver les bons mots. Le visage de Charlotte rougit, et elle lui lança un coup d'œil coupable.

« Je suis désolée. Je sais que ce n'est pas terrible, comme sujet de conversation. C'est genre, le pire deuxième rencard de l'histoire. »

Noah tendit la main par-dessus la table et prit la sienne.

« La mort ne me met pas mal à l'aise, dit-il, exprimant son sentiment avec simplicité.

— Ah non ? demanda Charlotte en penchant la tête.

— Non, pas vraiment. Tout le monde me chambre sur mon boulot en disant que tout ce que je fais, c'est voyager et me la couler douce, mais en réalité je vois des tas de trucs terribles. Des attentats-suicides, des policiers qui attaquent des étudiants, des femmes et des enfants tués par des tirs de missiles américains… » Il agita la main. « Et moi, en plein milieu. »

Charlotte frissonna.

« Je ne comprends pas ce qui te donne envie de faire ça, dit-elle.

— Il y a une raison pour laquelle des journalistes couvrent les zones de guerre et les soulèvements politiques, tu sais. Il ne s'agit pas seulement de sensationnalisme. Quand les journalistes et les photographes racontent des histoires sur les gens affectés par la violence, ils apportent ces questions dans le monde occidental. Une grande partie des fonds de secours, des troupes de maintien de la paix et du soutien médical dont ces pays ont besoin viennent de l'Occident, mais ils n'y arrivent pas à moins que les politiciens ne le permettent. Si les citoyens ne voient pas les histoires et ne prennent pas conscience de la détresse des gens, les politiciens ne sont pas intéressés. Les journalistes ne sont qu'un engrenage dans un grand ensemble, expliqua Noah.

— Je l'ignorais complètement, dit Charlotte, l'air impressionné. Ça a l'air de vraiment te passionner. »

Noah haussa les épaules.

« Ça commençait à m'épuiser. Au début, j'ai commencé à me sentir seul à l'étranger et ensuite blasé. Désormais, je vois ces choses extraordinaires, ces choses terribles et d'une certaine manière, je me sens juste… vide. »

Noah déglutit et tendit la main vers sa tasse de café, s'apercevant qu'il en avait dit un peu plus qu'il n'en avait eu l'intention.

« Peut-être que tu as seulement besoin d'être un peu plus proche de tes racines. À quelle fréquence est-ce que tu rentres chez toi pour voir ta famille ?

— Pas très souvent. J'ai des tas de souvenirs d'enfance formidables, et ce sont les meilleurs que j'aie. Je ne veux pas qu'ils soient abîmés par la vie quotidienne, tu vois ce que je veux dire ? »

Charlotte le considéra pendant un long moment.

« Tu as de la chance, tu sais. Ma famille est loin d'être aussi stable.

— Je me serais attendu à ce que ce soit plutôt tranquille si tu ne fais pas partie de la famille de l'Alpha, répliqua Noah.

— C'est ça, le truc. Mon père a été Alpha pendant plus de dix ans, jusqu'à mon adolescence.

— Il a abdiqué ? Est-ce qu'il était malade ou quelque chose comme ça ?

— Non, en fait, mon oncle Jared l'a défié. Mon oncle Jared a gagné l'épreuve du combat et a fort aimablement *daigné* permettre à mon père de rester en vie. » Il était impossible de ne pas noter le sarcasme dans le ton de sa voix tandis qu'elle parlait de cet événement

« Tu avais quel âge ? » demanda Noah. Perdre son statut d'Alpha avait dû anéantir son père, et causer à Charlotte pas mal de confusion et d'embarras.

« Quatorze ans. Mes parents m'ont toujours mis la pression pour que je me démarque, pour que je sois le genre de fille irrésistible que personne ne peut rejeter. Mon père veut que je prenne un Alpha pour partenaire, quelqu'un qui dirigera un clan un jour. Je crois qu'il a l'impression qu'il aura à nouveau du pouvoir et de l'influence. Ce qui est drôle, étant donné que je rentre chez moi à peu près aussi souvent que toi.

— Moi, je te trouve irrésistible, chérie, l'informa Noah. Mais je ne serai jamais un Alpha important. Trop de politique. »

Charlotte lui lança un coup d'œil amusé.

« Je me fiche complètement de ça. Blague à part, il faudrait vraiment que tu voies ta famille. Si tu arrives à tolérer d'être dans la même pièce qu'eux, alors tu devrais le faire aussi souvent que possible. Tu as beaucoup plus de chance que tu ne le penses. »

Noah baissa la tête, acquiesçant à ses paroles. La serveuse apporta l'addition, et Noah défia Charlotte du regard lorsqu'elle essaya de lui donner sa carte de crédit. Il tendit à la serveuse une liasse de liquide puis escorta Charlotte hors du restaurant.

15

Noah raccompagna Charlotte chez elle en voiture, en suivant ses indications jusqu'à un charmant bungalow bleu avec une clôture en piquets. Il descendit et lui ouvrit la portière, l'aida à descendre de la voiture et l'escorta le long de l'allée jusqu'à la maison. Il s'arrêta devant la porte d'entrée tandis qu'elle sortait ses clés, en se disant qu'il valait mieux qu'il ne s'invite pas à l'intérieur, mais Charlotte se contenta de lever brièvement les yeux vers lui avec un sourire fatigué. Elle déverrouilla la porte et lui prit la main, l'entraînant à sa suite. Noah ne comptait certainement pas résister ; il était curieux à propos de sa vie, et avait envie de voir l'endroit où elle vivait.

« Ta maison est superbe, lui dit-il en regardant autour de lui sa cuisine et son salon ouvert, bien rangés et confortables.

— Merci, » soupira Charlotte. Elle alla dans la cuisine et ouvrit le frigo pour en sortir deux bouteilles d'eau et lui en tendit une avant de se laisser tomber sur l'immense canapé de cuir brun clair. Noah prit une longue gorgée de la sienne tout en regardant autour de lui, toujours debout. Elle avait plusieurs bibliothèques, qui débordaient de toutes sortes de textes. Une grande télé et une collection de DVD, un MacBook posé sur la table basse, et même une chaîne hi-fi plutôt sympa.

« Tu viens t'asseoir avec moi ? » demanda Charlotte en levant son regard de saphir vers lui. Elle paraissait perdue et fatiguée et semblait avoir besoin de plus de réconfort que les plats d'un petit resto n'en pouvaient procurer.

Les lèvres de Noah frémirent tandis qu'il abandonnait la bouteille d'eau sur la table basse, s'asseyait et attirait Charlotte à lui. Il l'enveloppa dans ses bras, avec la seule intention de la serrer contre lui, bien que son corps durcît à ce simple contact.

« Tu sens trop bon, » murmura Charlotte, le visage blotti contre son torse. Sans même laisser à Noah le temps de battre des cils, Charlotte se déplaça et plaqua ses lèvres sur les siennes, tandis que ses bras se nouaient autour de son cou. Son baiser fut brutal et avide, son besoin évident tandis que ses lèvres s'entrouvraient, et que sa langue cherchait la sienne.

Noah poussa un grognement tandis que l'étreinte de ses bras se resserrait autour de sa taille, écrasant les courbes incroyables de Charlotte contre son corps. Ses seins étaient plaqués contre son torse, lui donnant une furieuse envie de les saisir à pleines mains, de les lécher et de les serrer alors même qu'il approfondissait le baiser.

Charlotte prit le contrôle, ses mains pinçant les boutons de sa chemise. Noah suçait le lobe de son oreille, mordillait la chair sensible de son cou, suivait de sa langue la ligne de sa clavicule. La poitrine de Charlotte se soulevait et s'abaissait, et son souffle était court et haletant. Elle enleva ses chaussures d'un coup de pied et se déplaça sur le canapé pour rajuster sa robe.

Noah poussa un grondement guttural lorsqu'elle retira sa culotte en se tortillant et enfourcha ses cuisses.

« J'ai besoin de toi, Noah, » murmura-t-elle tandis que ses doigts s'affairaient sur sa ceinture et sa braguette. D'un coup sec, elle fit en partie descendre son pantalon sur ses hanches, lui arrachant un sifflement de plaisir lorsque ses doigts enveloppèrent sa queue douloureuse. Elle fit aller et venir son poing le long de sa verge, et Noah se mit à onduler contre elle, lui laissant le contrôle. Elle lui enleva sa chemise, déposant des baisers sur son cou et ses épaules, sa bouche pulpeuse brûlant sa peau trop chaude.

Noah baissa les épaules de la robe et les bretelles de son soutien-gorge, faisant brusquement descendre le tout jusqu'à sa taille pour dévoiler ses magnifiques seins rebondis. Tandis qu'il saisissait ces globes tendres à pleines mains et les effleurait de son nez, Charlotte gémit et leva l'ourlet de sa robe, sa main guidant son érection jusqu'à son entrejambe chaud et humide.

Noah ne put réprimer un grondement grave tandis qu'il se glissait profondément à l'intérieur de l'étroit passage de Charlotte d'un coup de reins.

« Oui ! » s'écria Charlotte, dont les mains remontèrent le long de son torse nu pour prendre appui sur ses épaules.

Noah empoigna fermement ses hanches, imposant un rythme insistant et pénétrant tandis qu'il guidait ses mouvements, allant et venant dans sa chair accueillante. Charlotte se contracta aussitôt autour de lui, et il sut qu'il ne tiendrait pas longtemps. Son corps se raidissait, ses bourses se contractaient sous l'effet du besoin d'en finir.

Les ongles de Charlotte griffaient ses épaules, marquaient sa peau, tandis qu'une mélopée grave s'échappait de sa gorge. Elle vola en éclat, son corps palpitant autour de sa queue, déclenchant sa propre jouissance. Noah perdit son souffle tandis qu'il convulsait et se plaquait contre elle, déversant sa jouissance dans son corps en longs jets.

Lorsqu'il ralentit enfin et attira Charlotte dans ses bras,

tout contre son torse humide de sueur, elle poussa un soupir satisfait qui flatta son ego masculin comme rien d'autre n'aurait jamais pu le faire. Elle était si tendre et si douce, ainsi allongée, repue, dans son étreinte.

Elle leva les yeux pour lui donner un dernier baiser grisant avant de descendre de ses genoux avec un petit rire.

« Ce n'est pas pour ça que je suis entré ici, l'informa Noah.

— Ah non ? demanda Charlotte en haussant un sourcil.

— J'avais l'intention de te réconforter, dit-il, tandis que les coins de ses lèvres se soulevaient.

— Je me sens très bien, là, dit-elle.

— Tu devrais toujours te sentir bien, dit-il en se penchant pour repousser légèrement une mèche de cheveux qui tombait sur son front. Tu es incroyable et tu le mérites. »

Charlotte le regarda d'un air désabusé et lui prit la main, entremêlant leurs doigts. Son pouce caressait paresseusement la paume de Noah en décrivant des cercles, et cette sensation lui serra désagréablement le cœur.

« Ouais, ouais, fut sa seule réponse.

— Tu ne le crois pas ? Tu l'es assez pour nous rendre tous les deux dingues, Finn et moi. Je t'ai revendiquée, et à présent c'est tout juste s'il me parle. »

Charlotte se raidit, et sa main glissa hors de son étreinte.

« Vous vous êtes disputés à cause de moi ? demanda-t-elle, l'air plus dur.

— Bah, il y a d'autres éléments. Mais en ce moment, ça tourne autour de toi.

— Noah… dit-elle d'un ton soudain plus dur. Moi aussi, je te trouve incroyable, mais je ne veux pas être la raison pour laquelle tu es en conflit avec ton frère.

— Charlotte, ne t'en fais pas pour ce qui se passe entre Finn et moi. C'est compliqué, l'avertit Noah.

— Je ne veux pas être un problème. Je n'en serai pas un, insista-t-elle.

— Ce n'est pas — » Noah poussa un soupir agacé. « Ce n'est pas comme ça que fonctionne une famille, Charlotte. C'est personnel, et plus complexe que tu ne peux l'imaginer. »

Les sourcils de Charlotte firent un bond vers le haut, sa vexation manifeste.

« Je ne comprends pas comment fonctionnent les familles ? Bon sang, Noah. T'es vraiment gonflé. Tu sais, peut-être que tu ne comprends tout simplement pas comment marchent les relations. »

Charlotte se leva d'un bond, et Noah l'imita, l'air renfrogné.

« T'es sérieuse, là ? demanda-t-il.

— Je crois que tu ferais mieux de t'en aller, » déclara-t-elle en levant le menton. L'ours dominant en lui vit qu'elle préparait ses défenses, et lui déconseilla de la provoquer davantage à cet instant.

« Très bien, » dit-il. L'éclair de déception sur son visage ne lui échappa pas, mais il ne savait pas non plus comment convaincre Charlotte de sortir de cette impasse.

Bien trop tôt, Noah se retrouva en train de marcher en silence, furieux, vers sa voiture. Il lança un coup d'œil derrière lui à la maison de Charlotte et vit un léger mouvement dans les rideaux de la fenêtre de devant. Voyant que l'immobilité régnait pendant la demi-minute qui suivit, il poussa un grondement et monta dans sa voiture, peinant à croire que la soirée se fût terminée de cette manière.

16

Finn Beran fronçait les sourcils tandis qu'il faisait sa valise, pliant et enroulant méticuleusement chaque vêtement, l'esprit apaisé par cette activité monotone. Après presque une semaine de tourisme et de présentations sociales maladroites par l'intermédiaire du clan Krall, il était prêt à rentrer chez lui. Il avait une dernière chose à faire tôt dans la soirée, un rendez-vous qu'il avait accepté avec réticence à la dernière minute, mais après ça, il filerait directement dans le Montana. Les vacances d'automne étaient presque terminées, et Finn devait participer à un séminaire d'enseignants la veille de la reprise des cours.

Il se figea en entendant un coup frappé à la porte de sa chambre d'hôtel ; il n'y avait que quelques personnes qui auraient pu frapper, et il n'avait particulièrement envie de parler à aucune d'entre elles. Lorsque Finn ouvrit la porte à la volée, il ne fut pas extrêmement surpris de trouver Noah que tenait là.

Son jumeau leva les mains en signe de réconciliation.

« Je veux seulement discuter, » dit Noah.

Finn dévisagea Noah pendant un long moment, pesant le

pour et le contre. Lorsqu'il s'écarta de la porte, Noah entra et se laissa tomber sur un siège près de la fenêtre, l'air mal à l'aise. Noah lança un coup d'œil aux vêtements et à la valise ouverte étalés sur le lit king-size, et ses lèvres se pincèrent en une ligne grave.

« J'aurais cru qu'un homme qui a eu la femme qu'il voulait paraîtrait un peu plus joyeux, dit Finn en se remettant à faire sa valise.

— Je suis désolé pour ce que j'ai dit. »

Finn leva les yeux vers son jumeau, surpris par l'absence de suite.

« D'accord... » dit Finn en haussant les épaules. Il ne restait jamais furieux contre Noah très longtemps, mais ça ne signifiait pas qu'il n'avait pas été blessé.

« Je le pense, Finny. » Le regard vert de Noah pénétra, brûlant, celui de Finn, qui cessa de bouger ses mains pour écouter. « Je n'aurais rien dû dire de tout ça. Je pense vraiment que tu mérites plus que ça, mais tu as fait beaucoup de sacrifices pour la famille. Je n'en connaissais pas l'étendue. »

Finn déglutit, et les coins de ses lèvres s'abaissèrent en une expression profondément maussade.

« C'est du passé, dit Finn.

— Non, ça n'en est pas. Ce n'est pas parce que P'pa se sent mieux... Rien n'a changé pour toi, et ce n'est pas juste, lui dit Noah.

— Il n'y a rien à faire, soupira Finn. La vie continue. Les cours reprennent dans quelques jours. C'est comme ça, c'est tout.

— Tu ne retourneras pas enseigner, » lui dit Noah. Finn se dressa face à son frère, sentant sa colère monter.

« De quoi est-ce que tu parles ?

— Je t'ai déjà décroché un autre entretien à Cornell et Stanford. Je vais contacter nos frères, me servir des relations de la famille pour t'obtenir des entretiens de doctorat auprès de tous les meilleurs séminaires du pays. Tu pourras aller où tu voudras. »

Finn leva les yeux au ciel.

« Ce n'est pas aussi simple. Même si je pouvais y entrer après avoir quitté mes études depuis tout ce temps, je n'en ai pas les moyens à présent. J'ai un emprunt, et… » Il laissa sa phrase en suspens, de plus en plus agacé.

« Tu vas vendre ta maison, puisque tu vas déménager de toute façon. Et pour ce qui est du reste de l'argent, Cameron et moi allons te financer aussi longtemps que nécessaire. On a déjà réglé tous les détails. »

Finn regarda son frère, bouche bée, complètement pris au dépourvu.

« Tu — quoi ? » demanda-t-il, stupéfait. Noah haussa un sourcil noir, un soupçon d'amusement aux lèvres.

« Je ne veux rien entendre, insista Noah. Tout est décidé, tant que tu as le courage de prendre ce que tu veux. Et tu l'as. Tu es mon frère, aussi fort que moi en tout point. Je te connais aussi bien que moi-même, et je sais que c'est ce dont tu as besoin. Alors… tends la main et saisis-le.

— Pourquoi est-ce que tu fais ça, tout à coup ? demanda Finn, perplexe. Tu as carrément quitté la famille il y a des années, et à présent tu joues les jumeaux attentionnés ? »

Un éclair de douleur passa sur le visage de Noah, et il hocha lentement la tête.

« J'ai été loin d'être le frère ou le fils que j'aurais dû être. Pour ça, je suis désolé. Je me suis tellement laissé emporter par mon boulot, par la vie de mes sujets… Je ne prenais même pas soin de moi, alors je pensais encore moins à mon avenir et à ma famille là-bas, chez moi. »

Finn fit le tour du lit et s'assit en face de son frère, puis tendit la main pour saisir celle de Noah et la serrer brièvement avant de le lâcher. Il voyait bien la lutte intérieure de

Noah, son épuisement et sa tristesse et une douzaine d'autres choses qui firent faire au cœur de Finn une embardée.

« Noah… Ça ne fait rien, vraiment. Je ne pourrais jamais rester fâché contre toi. Quant au reste de la famille, Luke, Cam et Wyatt n'ont pas été beaucoup plus présents que toi. Gavin et moi sommes une exception, malheureusement.

— Au moins, vous avez des racines. J'ai démissionné de la Tribune hier, et à présent je n'ai plus rien, soupira Noah.

— Tu as Charlotte, » suggéra Finn.

Le visage de Noah se pinça, une expression que Finn ne connaissait que trop bien.

« Oh, merde. Qu'est-ce que tu as fait ? » demanda Finn.

Assis ensemble dans la chambre d'hôtel de Finn pendant des heures, ils discutèrent de leurs vies, tant et si bien que Finn faillit être en retard pour son rendez-vous à Saint-Louis. Noah lui parla de Charlotte, du temps qu'il avait passé à l'étranger, de tout. Finn eut le cœur lourd en entendant tout ce à quoi Noah avait assisté, mais rien n'aurait pu supplanter le soulagement et le plaisir qu'il éprouvait d'avoir recollé les morceaux avec son jumeau. Tandis que Noah déversait ses sentiments contradictoires envers la femme qu'ils avaient partagée à peine quelques jours plus tôt, un début de plan se mit à clignoter dans l'esprit de Finn.

17

Finn vérifia l'adresse pour la troisième fois et souleva sa valise pour entrer dans un petit bistro discret. Balayant la pièce du regard, il repéra Abby Krall assise à une table avec plusieurs autres femmes. Pile à l'heure, comme elle l'avait promis dans les textos qu'ils avaient échangés. Bien qu'elle eût été surprise au départ, lorsque Finn avait expliqué son plan et ses motivations, la cousine de Charlotte s'était montrée plus qu'arrangeante. Finn se demandait à quel point au juste Abby avait dû forcer la main de Charlotte pour l'amener ici avec un préavis si court, et à onze heures du soir, en plus.

Finn regarda sa montre, et s'aperçut qu'il devait en finir rapidement avec tout ça. Son vol quittait Saint-Louis dans moins de deux heures, et il fallait encore qu'il se rende à l'aéroport après ça.

Abby l'aperçut et agita discrètement la main dans sa direction, ce à quoi Finn répondit par un hochement de tête. Abby se leva d'un bond et se pencha pour parler à la femme à côté d'elle ; Finn ne voyait pas le visage de Charlotte, mais sa silhouette était reconnaissable entre mille.

Charlotte se leva et laissa Abby la conduire au bar. Finn approcha et vint se poster derrière Charlotte en admirant ses longs cheveux blonds et ses douces courbes. Une petite part de lui aurait voulu se battre pour elle, pouvoir revendiquer Charlotte pour partenaire, mais une part égale savait que si elle avait été la femme qu'il lui fallait, il aurait été incapable de résister.

« Charlotte, » dit-il à voix basse.

Abby recula de quelques pas lorsque Charlotte fit volte-face, la brune adressant à la blonde un haussement d'épaules qui semblait dire : *Désolée, il fallait que je le fasse*. Charlotte se tourna face à Finn, et sa gorge bougea en silence tandis que ses grands yeux observaient sa haute silhouette et sa valise.

« Tu t'en vas, » dit-elle. Bien qu'elle conservât une voix égale, ses yeux ne pouvaient dissimuler sa peine et sa colère.

« En effet, mais je ne pense pas que ça t'affecte outre mesure, » dit Finn.

Les lèvres de Charlotte s'entrouvrirent, et la compréhension assombrit son regard.

« Finn, » souffla-t-elle. Finn eut bel et bien un petit rire devant son soulagement. Si entiché que son jumeau fût de Charlotte, elle semblait au moins tout aussi attachée à Noah.

« Je pars pour l'aéroport, donc je ne peux pas parler longtemps. Je voulais seulement te demander de donner une deuxième chance à Noah. »

Charlotte fronça les sourcils.

« Pourquoi est-ce que tu es venu t'excuser à sa place ? demanda-t-elle.

— Parce que mon frère est un imbécile têtu, » dit Finn, allant droit au but.

L'expression de Charlotte se radoucit très légèrement, mais elle était loin d'être ravie.

« Ce n'est pas lui qui t'envoie, n'est-ce pas ? demanda Charlotte.

— Non. Il m'a dit ce qui s'était passé, et j'ai été désolé pour lui. C'est la personne la plus intelligente que je connaisse, mais il ne sait pas du tout quoi faire avec une femme comme toi. »

Charlotte se détendit un tout petit peu plus et pencha la tête de côté.

« Il n'a pas été très gentil avec moi. Je veux dire, il l'a été, mais ensuite il a dit des choses que j'ai trouvées… déplaisantes, dit Charlotte.

— Il m'a raconté. Je crois qu'il a l'impression d'être un enfoiré, mais il ne sait pas comment t'aborder. » Finn s'interrompit. « Écoute, je ne peux pas parler à sa place. Je ne peux pas te dire quoi faire. Je veux seulement te dire que mon frère est un homme d'honneur, sous tout ce tas de conneries. Je sais que tu comptes pour lui et j'espère que vous continuerez de vous voir, tous les deux. C'est tout. »

Charlotte pinça les lèvres et adressa à Finn un lent hochement de tête.

« Noah me plaît aussi. Je suis sûre que tu t'en es déjà rendu compte. J'ai seulement besoin de prendre quelques jours pour réfléchir à tout ça. Je veux prendre la bonne décision, » dit Charlotte.

Finn lui sourit avec douceur.

« Je suis sûr que tu la prendras. À bientôt, Charlotte. »

Sur ces paroles, Finn prit sa valise et ressortit. Il héla un taxi et sauta dedans, en direction de l'aéroport. Il sortit son téléphone, et envoya rapidement un texto à Noah.

Tu ferais mieux d'arranger les choses avec Charlotte. Je t'ai ouvert la porte.

Noah ne répondit pas, mais Finn ne s'était pas attendu à ce qu'il le fasse. Après avoir ruminé la situation de son frère encore quelques minutes, Finn tourna ses pensées vers l'avant. Il était temps pour lui de se concentrer sur son propre avenir, de sortir de sa bulle et d'œuvrer un peu pour lui-même.

18

Charlotte poussa un profond soupir en entrant dans le vestiaire des infirmières. Elle avait mal aux pieds et au dos, elle avait un début de migraine et, après sa troisième garde de douze heures consécutive, elle était épuisée. Elle avait pris la garde de nuit la veille au soir, ce qui signifiait qu'elle allait rentrer chez elle pile au moment où tous ses voisins partaient travailler. Ce détail la déstabilisait toujours, pour une raison inconnue. Regarder les gens faire monter leurs gosses dans la voiture, en vérifiant qu'ils avaient bien leurs projets de science et leur déjeuner, donnait toujours à Charlotte une étrange sensation de vide au creux de l'estomac.

« Comme si ça n'était pas déjà en train d'arriver en ce moment, » grommela-t-elle.

Charlotte ouvrit son vestiaire, en sortit une paire de tongs, et s'assit sur un banc pour retirer ses chaussures de tennis.

« Tout va bien ? » dit une voix.

Charlotte sursauta avant de se retourner pour tomber sur

Connie qui se tenait derrière elle, ses propres tennis à la main.

« Bon sang, tu m'as fichu la trouille, dit Charlotte en secouant la tête. Tu as fini ton service ?

— Ouaip, » répondit Connie en se laissant tomber à côté de Charlotte pour changer de chaussures. C'était un rythme familier pour toutes les deux, puisqu'elles travaillaient ensemble dans ce service depuis plus de trois ans. Les infirmières allaient et venaient à l'Hôpital des Enfants, mais Connie et Charlottes étaient des piliers de leur petit secteur. Gérer les cas vraiment difficiles, ceux qui se terminaient en tragédie une fois sur deux, n'était pas donné à tout le monde.

« Charlotte, tu as l'air exténué, » dit Connie. En levant les yeux, Charlotte vit le regard inquiet de sa collègue s'attarder sur son visage.

« Ouais, je ne dors pas très bien en ce moment. Je commence à vraiment me faire du souci pour Max cette fois, admit-elle. Les résultats de ses toutes dernières analyses ne sont vraiment pas bons.

— Merde, marmonna Connie à voix basse. Il était de si bonne humeur ces derniers jours, en plus.

— Ouais. C'est un changement agréable. Un peu bizarre, mais agréable. Charlotte haussa les épaules.

— Il n'a pas l'occasion de passer du temps avec beaucoup de mecs. Pas de figure paternelle dans sa vie. À présent que ton ami lui accorde un peu d'attention —

— QUOI ? demanda Charlotte, en lançant accidentellement l'une de ses chaussures de tennis à travers la pièce.

— Noah, grogna Connie en laçant ses chaussures.

— Qu'est-ce qu'il a, Noah, au juste ? Charlotte exigea-t-elle de savoir.

— Il est venu tous les jours cette semaine. » Connie leva brièvement les yeux et lança à Charlotte un étrange regard. «

Je me suis dit que tu le savais. C'est toi qui l'as amené ici, au départ.

— Je — » Charlotte hésita. Elle n'avait certainement pas envie de faire quoi que ce fût pour empêcher Noah de rendre visite à Max. Surtout si c'était la raison du récent changement d'attitude de Max. « Ça ne fait rien. Noah est formidable. »

Charlotte fit de son mieux pour ne pas froncer les sourcils en prononçant ces derniers mots. De fait, Noah était vraiment gentil et formidable. Si seulement il s'était pointé et excusé, elle lui aurait probablement déjà pardonné. Une rougeur s'insinua sur ses joues lorsqu'elle visualisa au juste ce en quoi ce *pardon* consisterait, si on la laissait faire.

« Tu devrais peut-être aller dormir un peu. Prends un peu de mélatonine ou un truc comme ça, suggéra Connie.

— Je pense qu'un bon bain chaud devrait faire l'affaire, » dit Charlotte. *Et peut-être une demi-bouteille de vin...*

Charlotte dit au revoir à Connie et fila chez elle, avec l'envie désespérée de passer un peu de temps seule pour se détendre. En un rien de temps, elle se glissait dans un bain moussant chaud et gémissait tout haut en buvant sa première gorgée du Malbec qu'elle avait débouché.

Elle laissa son esprit dériver, ses lèvres frémir tandis que ses pensées revenaient vers Noah, encore et encore. D'ordinaire, sa libido était plutôt discrète, et se satisfaisait d'une ou deux sessions en solo par mois, mais à présent elle reconnaissait la tension qui restât dans son corps comme du désir. Elle avait à nouveau envie de Noah, ne pouvait s'empêcher de penser à son corps musclé et élancé, à la manière dont sa silhouette massive lui donnait l'impression d'être délicate, aux bruits gutturaux qu'il faisait quand il la touchait, quand il la baisait —

Son téléphone sonna. Charlotte ouvrit brusquement les

yeux, et son visage s'empourpra lorsqu'elle s'aperçut que le bout de ses doigts caressait son mamelon.

Prise en flag.

Elle s'agenouilla dans la baignoire, s'essuya la main sur une serviette et se pencha loin de l'eau avant de répondre.

« Allô ? demanda-t-elle.

— Charlotte, » répondit Noah. Sa voix la fit frémir. L'appelait-il enfin pour s'excuser et s'envoyer en l'air comme elle l'avait tant souhaité ?

« Salut, Noah, » dit-elle. Sa voix était aiguë et voilée, lui donnant l'impression d'être une idiote.

« Euh... j'ai fait quelque chose de mal, » dit-il.

Charlotte pinça les lèvres, en se disant que c'était une drôle de façon de formuler des excuses.

« Écoute, Noah — commença-t-elle.

— Non, non. Euh. Attends deux secondes. Il ne s'agit pas de toi et moi, là. J'ai fait un truc débile il y a genre, une heure et j'ai besoin de ton aide. Je suis gravement dans la merde. »

Charlotte resta un instant figée avant que l'infirmière en elle n'entre en action.

« Dis-moi ce qui s'est passé, soupira-t-elle.

— Est-ce que tu peux... est-ce que je peux passer te prendre ? Je suis déjà dans ton quartier. » Charlotte n'avait jamais entendu Noah aussi mal à l'aise, et la curiosité s'empara d'elle.

« D'accord, accepta-t-elle en une fraction de seconde.

— Mets des vêtements confortable. On sera là dans cinq minutes, » prévint-il avant de mettre un terme à l'appel.

On ? Charlotte regarda son téléphone en battant des paupières avant de sortir précipitamment de son bain pour se préparer. Elle parvint à enfiler une robe rouge et des ballerines blanches et jeta quelques affaires dans son sac fourre-tout. Elle s'arrêta pour se regarder dans le miroir, mit un peu de mascara et passa ses doigts dans ses longs cheveux humides.

Elle entendit une voiture klaxonner dehors et inspira profondément pour se préparer. Lorsqu'elle sortit, elle trouva Noah assis sur le siège conducteur d'un cabriolet, la capote baissée… et Max était assis sur le siège passager et agitait la main avec enthousiasme.

« Qu'est-ce que c'est que… » L'estomac de Charlotte fit un saut périlleux. Noah sortit d'un bond de la voiture et vint à sa rencontre au milieu de la cour, l'air nerveux.

« J'ai… fait quelque chose, » dit-il, les épaules voûtées. Dans une autre situation, ses remords auraient été adorables, mais à cet instant Charlotte était atterrée.

« Qu'est-ce que Max fait ici ? » siffla-t-elle en s'approchant de Noah. Elle lança un coup d'œil inquiet à Max, qui paraissait à la fois ravi et en parfaite santé. Malheureusement, elle savait que ce dernier fait n'était tout simplement pas la vérité.

« Il m'a supplié de l'emmener à la rivière pour une journée. Il a dit qu'il voulait y aller une dernière fois, et je n'ai pas pu dire non, dit Noah en se passant la main sur la nuque.

— Noah, Max est vraiment très malade. Il ne peut pas se promener comme ça dans la nature !

— Il est en train de mourir, Charlotte. Il me l'a dit lui-même. »

Charlotte ouvrit la bouche, puis la referma, et lança un coup d'œil à Max.

« Il t'a parlé de son cancer ? demanda-t-elle.

— Ouais. Il y est… résigné, en quelque sorte, dit Noah, l'air mal à l'aise. Je lui ai demandé si je pouvais faire quelque chose pour lui et je voulais dire quelque chose comme… lui apporter de nouveaux jeux pour sa Xbox ou une pizza… Et c'est ça qu'il a demandé.

— Et tu m'as appelée pour limiter les dégâts ? Je pourrais perdre mon boulot pour ça, Noah. »

Noah grimaça, l'air dépité.

« Je suis désolé. C'est juste que... je ne peux pas l'emmener tout seul. S'il arrive quelque chose... Je ne sais même pas faire du bouche à bouche ni rien. Il a emmené certains de ses médicaments, mais je ne sais pas du tout comment ils fonctionnent ni... »

Noah s'interrompit et poussa un profond soupir. Charlotte le regarda pendant un long moment, chancelante. Noah finit par tendre la main et la saisir par le poignet, l'attirant à lui. Il baissa vers elle ses yeux bleu-vert, enflammés et brillants d'émotion.

« Je t'en prie, Charlotte. Personne n'est obligé de savoir que tu es venue avec nous. Max ne dira rien. Je t'en prie. »

L'humilité de ses paroles lui coupa le souffle. Elle avait vu plusieurs différent aspects de Noah : le snob, le plaisantin, le séducteur, l'intellectuel, le salaud. Mais ça, cet homme qui la regardait comme si tout son univers dépendait d'elle, c'était une facette qu'elle ne pouvait pas rejeter.

« Très bien, » dit-elle, crispée, lorsque Noah l'enveloppa dans ses bras et l'embrassa. L'étreinte prit fin en un clin d'œil, et sans lui laisser le temps de réaliser, Noah l'entraînait vers la voiture et aidait Max à grimper sur la banquette arrière. Charlotte déglutit tandis qu'elle s'installait et mettait sa ceinture de sécurité, en se demandant s'ils n'étaient pas tous en train de commettre une terrible erreur.

19

« *T*u es une imbécile, Charlotte Krall, » se réprimanda-t-elle.

Charlotte n'avait eu qu'à regarder l'expression ravie de Max pour voir s'effondrer ses réticences quant à lui accorder un « jour de congé », comme ils l'appelaient à présent. Une halte au supermarché leur avait procuré des serviettes, de la crème solaire, de l'eau, de quoi manger et un caleçon de bain pour Max. Charlotte indiqua à Noah le chemin de son coin tranquille préféré pour nager, à moins d'une heure de la ville de Saint-Louis. Tous les gamins du coin grandissaient en nageant dans la rivière, insouciants et heureux.

La gentille intention derrière cette journée et l'amitié naissante entre Noah et Max, avaient scellé l'accord. Comment pouvait-on dire non à un petit garçon malade ou à un magnifique Berserker ?

À présent, Charlotte, la main sur le front, abritait ses yeux du soleil de cette fin d'après-midi tandis qu'elle attendait; le regard rivé sur la plage. Lorsqu'elle repéra enfin un ours énorme et une petite panthère qui trottinaient dans sa direction, elle poussa un long soupir. Elle avait supplié Max de ne pas se transformer, craignant qu'il n'utilise trop de sa précieuse énergie, mais il avait filé quand même. Dieu merci, Noah s'était montré beau joueur et s'était transformé pour suivre le patient de Charlotte. Ils étaient partis depuis longtemps, et Charlotte avait commencé à craindre qu'il se fût passé quelque chose de terrible.

Lorsque Noah et Max furent enfin revenu et se transformèrent en s'ébrouant pour débarrasser leurs corps du sable tandis qu'ils tendaient la main vers leurs vêtements, Charlotte s'autorisa à se détendre un peu.

« D'accord. Je crois que ça suffit pour aujourd'hui, pas toi ? » demanda Charlotte en tendant à Max la pile de vêtements posé près de leurs serviettes de plage étalées en vrac.

Max était étendu de tout son long à un bout de leur lit de fortune fait de couvertures, laissant à Charlotte et Noah un espace restreint à l'autre bout. Ils avaient joué dans l'eau, fait la sieste et pris un agréable déjeuner tardif vers seize heures. Charlotte ne cessait de regarder l'heure, sachant qu'il fallait qu'elle mette un terme à tout ça et ramène Max sur son lit d'hôpital. Son énergie s'étiolait rapidement à présent, bien qu'il fît de son mieux pour le cacher.

« Je vais dans l'eau une dernière fois, leur dit Max.

— D'accord. On va bientôt devoir commencer à ramasser nos affaires, mon grand, » dit Noah à Max. Charlotte haussa un sourcil, impressionnée. Elle avait supposé qu'elle serait là pour faire régner la loi et servir de nounou à Max, mais Noah s'était entièrement occupé de tout. Un autre jour, ç'aurait simplement pu être une journée de détente. *Si seulement*, ne cessait de se dire Charlotte.

Max fila et plongea dans l'eau, faisant grimacer nerveusement Charlotte. Il remonta à la surface en éclaboussant partout et en mettant un point d'honneur à être heureux et plein d'énergie.

Charlotte lança à Noah un regard entendu, et il lui répondit d'un hochement de tête.

« Je m'en veux de devoir le faire partir, mais je crois qu'il va bientôt être crevé, dit Noah.

— Ouaip. Ça ne fait pas le moindre doute, acquiesça Charlotte.

— Merci d'être venue avec nous, dit Noah en saisissant sa main dans sa grande patte.

— Je n'ai pas vraiment eu le choix sur la question, dit Charlotte en levant les yeux au ciel.

— Ouais. Désolé pour ça, » dit Noah. Il paraissait véritablement contrit, ce qui adoucit la colère de Charlotte. Sa stupéfaction et sa fureur initiales s'étaient estompées au fil des heures. Il était impossible d'être contrariée alors que Max était si heureux et que Noah était si gentil et courtois.

Charlotte se glissa un peu plus près de Noah, incapable de résister à l'appel de sa chaleur et de sa force. Elle leva les yeux vers lui, stupéfaite une fois de plus par la beauté des traits de son visage, ses muscles durs mis en valeur sous sa chemise de flanelle grise et son jean noir. Il portait même des Converse, qui lui donnaient tout à fait l'allure du chanteur à tomber d'un groupe de rock branché.

Charlotte leva la main et repoussa ses cheveux de son front, puis passa son pouce le long de la ligne de sa mâchoire, couverte d'une barbe naissante. Elle inspira doucement et posa ses lèvres contre les siennes, en faisant de son mieux que le geste reste léger, en s'efforçant de se rappeler que Max n'était qu'à vingt mètres de là.

Noah saisit sa lèvre inférieure entre ses dents et la mordit doucement, et Charlotte dut réprimer un gémissement de désir. Eussent-ils été seuls, ils auraient indiscutablement été à-demi nus et en train de faire quelque chose de bien moins innocent qu'échanger quelques baisers.

Noah recula et la regarda.

« Je suis désolé pour ce que j'ai dit l'autre soir, à propos de la famille. Je racontais n'importe quoi, » dit-il.

Charlotte hocha la tête.

« Ce n'est pas grave. Je veux dire, pas ce que tu as dit. Mais les gens disent parfois des choses, ça arrive. J'aurais dû réagir mieux que ça.

— Je suppose qu'au moins, on a passé le cap de la première dispute, » dit Noah en lui adressant un sourire franc et éblouissant. Il avait le plus magnifique des sourires, ses dents et ses lèvres parfaites illuminant son visage tout entier, des rides de rire adoucissant son allure d'Alpha.

« Première dispute, hein ? dit Charlotte en lui adressant un demi-sourire.

— C'est ça. Je n'ai pas eu beaucoup de relations séreuses, mais j'ai entendu dire que les premières disputes sont un rite de passage important, » entonna Noah.

Avant que Charlotte n'ait pu répondre, Max s'approcha d'eux d'un pas traînant. Ils se tournèrent tous les deux vers le petit garçon, et Charlotte vit d'un coup d'œil qu'il tremblait.

« Max, on va te mettre des vêtements chauds, d'accord ? Je vais te donner un Sprite quand on montera dans la voiture, pour faire remonter un peu ta glycémie, » indiqua Charlotte.

Elle regarda Noah, et vit la même appréhension qu'elle éprouvait reflétée sur son visage. Ils œuvrèrent à l'unisson parfait pour mettre Max au sec et à l'aise avant d'entamer le long trajet du retour à l'hôpital.

20

La petite bulle de bonheur parfaite de leur « jour de congé » éclata dès qu'ils eurent atteint les limites de la ville de Saint-Louis. Charlotte était sur la banquette arrière de la voiture avec Max, et l'avait laissé s'allonger sur ses genoux. Max était en train de s'assoupir, épuisé par l'effort de la journée, et Charlotte faisait de son mieux pour qu'il soit à l'aise. Elle n'arrêtait pas de croiser le regard inquiet de Noah dans le rétroviseur, mais il ne parla pas beaucoup sur le trajet de retour.

« Je vais leur dire que Max s'est pointé chez moi, » dit Charlotte. Noah se retourna pour la regarder pendant un bref instant avant de se concentrer à nouveau sur la route.

« D'accord, fut sa seule réponse.

— Je vais dire que je t'ai appelé pour que tu m'aides à le convaincre de retourner à l'hôpital. Seulement, laisse-moi parler, sinon on pourrait tous les deux avoir de gros ennuis. Je vais le ramener seule. »

Noah parut sur le point de protester, mais il se contenta de hocher la tête. Charlotte baissa les yeux vers Max, en se disant qu'elle le réveillerait quelques minutes avant qu'ils n'arrivent à l'hôpital. Elle se figea en s'apercevant que son souffle paraissait très court. Elle le secoua doucement.

« Max ? demanda-t-elle. Pas de réponse. Max ? Tu peux te réveiller, mon grand ? »

Il ouvrit les yeux et lui sourit d'un air endormi.

« J'ai soif, » murmura-t-il d'une voix mince comme du papier.

Charlotte prit une bouteille d'eau et la lui tendit.

« Comment est-ce que tu te sens ? demanda-t-elle en s'efforçant de ne pas paraître trop inquiète.

— Pas très bien, dit Max en haussant les épaules. Mais je suis content qu'on y soit allés. Ça faisait des semaines que je ne m'étais pas transformé. »

Charlotte hésita.

« Écoute, Max… À propos d'aujourd'hui…

— Je ne dois dire à personne que toi et Noah m'avez emmené, pas vrai ? demanda Max.

— Oui, dit Charlotte en hochant la tête. Je crois que ce serait considéré comme un enlèvement, même si tu avais envie d'y aller.

— Les adultes sont débiles, » lui dit Max, tout à fait sérieux.

Charlotte leva les yeux vers Noah, et trouva dans son expression exactement le même amusement mêlé de tristesse qu'elle ressentait.

« Tu as raison. Mais on arrive à l'hôpital, là, alors toi et moi, on va descendre de la voiture, et je vais t'accompagner en haut, d'accord ?

— Et Noah, alors ? demanda Max.

— Noah va monter dans un petit moment, une fois que t'aurai installé, promit Charlotte.

— C'est vrai, Noah ? demanda Max.

— Un peu, ouais. Je ne voudrais pas rater ça, » dit Noah.

Charlotte lui adressa un bref sourire avant d'ouvrir la

portière de la voiture et de descendre, puis d'en faire sortir Max. Elle lança à Noah un dernier regard par-dessus son épaule tandis qu'elle installait Max dans un fauteuil roulant. Il lui adressa un salut solennel de la main, l'air incertain.

Charlotte redressa le dos et poussa Max vers les ascenseurs.

« Allons voir dans quel genre de pétrin on est, hein ? » demanda-t-elle à Max tandis qu'ils montaient à leur étage.

21

« Tu as un visiteur, » lança Connie en entrant dans la chambre de Max.

Charlotte se redressa de sa position affaissée dans le fauteuil près du lit de Max. Elle s'éclaircit la gorge et mit le dossier contenant les dernières analyses de Max de côté.

« Je crains qu'il ne dorme encore, dit Charlotte à Connie.

— Pour toi, pas pour Max. Ou pour les deux, peu importe, » dit Connie en agitant la main. Elle recula et Noah apparut dans l'embrasure de la porte, que sa haute taille et sa silhouette massive occupaient entièrement.

« Salut, toi, » dit Charlotte en conservant une voix basse. Le regard de Noah passa brièvement d'elle à Max puis revint sur elle, interrogateur. Charlotte se leva et se dirigea vers Noah, attirée par lui comme un aimant. Elle tendit la main, à la recherche de réconfort, et faillit pousser un soupir lorsqu'il la prit.

« Allons prendre un soda, » suggéra-t-elle en désignant Max d'un hochement de tête. Elle voulait parler de son patient à Noah, mais pas là où on pouvait l'entendre.

« D'accord. C'est ma tournée, » dit Noah. Il parlait d'un

ton léger qui contrastait avec son regard sombre, et Charlotte serra doucement sa main dans la sienne.

Ils se dirigèrent vers les distributeurs de la salle d'attente déserte et prirent deux sodas avant de s'asseoir dans les fauteuils inconfortables de l'hôpital.

« Quoi de neuf ? demanda Noah. Qu'est-ce qui s'est passé quand vous êtes revenus ?

— C'est Connie qui était de garde, et elle n'a pas posé de question. Elle a juste annoncé qu'il était revenu. Le Dr. Rivers n'avait pas l'air ravi, mais il n'allait pas faire un sermon à Max pour ça. Pas après… » Charlotte s'interrompit un instant, et but une gorgée de son soda tandis qu'elle cherchait quoi dire. « Max est beaucoup plus malade que ce que je pensais. Ses analyses d'hier sont revenues en notre absence et… ça ne s'annonce pas très bien. Il n'a presque plus de globules blancs. Ils risquent de devoir le déplacer en chambre d'isolement ce soir.

— C'est pour ça qu'il est si fatigué, j'imagine, » dit Noah.

Charlotte hocha la tête.

« Ouais. Pauvre petit, soupira-t-elle.

— Est-ce que… est-ce qu'on lui a fait plus de mal que de bien en le faisant sortir aujourd'hui ? Je veux dire, il a mangé plein de malbouffe et a nagé dans une rivière… » Les épaules de Noah s'affaissèrent.

« Honnêtement, Noah, je n'en sais rien. Mais on ne peut pas garder un métamorphe loin de la nature aussi longtemps. Si on ne l'avait pas emmené, Max se serait enfui tout seul tôt ou tard. Au moins, comme ça, il a pu s'amuser pendant une journée puis revenir à l'hôpital en un seul morceau.

— Alors… on fait quoi, maintenant ?

— On attend. Si son système immunitaire s'en remet, il se peut qu'il passe le cap et entre en rémission. Si ce n'est pas le cas, son état ne va faire qu'empirer. »

Charlotte éprouva un étrange détachement en l'expliquant, comme si son côté infirmière prenait le dessus pour expliquer un diagnostic à un parent affligé. Intérieurement, elle se sentait complètement déchirée, triste au-delà de toute comparaison, mais grâce à des années de formation médicale, elle conservait un extérieur calme et posé.

Noah, en revanche, paraissait abattu. Il passa une de ses grandes mains sur son visage et dans ses cheveux, et poussa un soupir de colère. Il posa ses coudes sur ses genoux, la tête basse.

« Putain, c'est horrible. Comment est-ce que tu fais pour faire ça tous les jours ? » demanda-t-il. Son ton était si dur que Charlotte faillit reculer, mais son expérience des réactions des gens face à une grave maladie lui indiqua que Noah n'en avait pas après elle.

« Il faut bien que quelqu'un le fasse. Sinon, les gamins comme Max seraient tous seuls, » expliqua-t-elle.

Noah leva alors vers elle des yeux dans les profondeurs azur desquels tournoyaient un millier d'émotions sans nom. Quelque chose remua tout au fond de Charlotte, un manque. Du désir, oui, mais également autre chose. Quelque chose de plus profond, de plus sombre.

« Est-ce que tu as un rituel pour ça aussi ? » demanda Noah.

Charlotte lui sourit avec douceur et secoua la tête.

« D'habitude, je bois un bon vin rouge et je vais dormir. Mais ce soir... j'aimerais mieux être simplement avec toi, lui dit-elle.

— Je ne vois rien qui puisse me faire plus plaisir, » lui dit Noah en se levant et en aidant Charlotte à se mettre debout.

Après s'être arrêtés pour parler à Connie, en lui demandant de leur téléphoner si l'état de Max empirait ne fût-ce qu'un peu, Charlotte renversa les rôles et conduisit Noah jusqu'aux ascenseurs et hors de l'hôpital.

22

Le trajet en taxi et le hall de l'hôtel furent des instants fugaces pour Charlotte ; tout ce sur quoi elle arrivait à se concentrer, c'était son corps qui se pressait comme celui de Noah, les douces callosités de ses paumes effleurant la peau nue de ses bras et de ses poignets. Elle était incapable de penser au trajet en ascenseur alors que Noah déposait des baisers brûlants le long de sa mâchoire, de voir les longs couloirs alors qu'il l'attirait le long de son corps pour sentir son érection, de penser à ouvrir la porte alors que son nez lui effleurait l'oreille tandis qu'il inhalait longuement son odeur.

Lorsque la porte de la chambre d'hôtel se referma derrière eux en claquant, Charlotte se retourna dans l'étreinte de Noah. Tout en glissant ses bras autour de ses épaules, elle se hissa sur la pointe des pieds et chercha ses lèvres, rendant son désir aussi évident que celui de Noah. Noah la plaqua contre le mur, faisant tomber un tableau par terre dans sa ferveur. Il saisit son cul à pleines mains, la souleva et la fit glisser vers le haut tandis qu'il se plaquait contre elle, en la soutenant comme si elle ne pesait rien.

L'une des mains de Noah effleura son épaule et sa nuque, puis ses doigts plongèrent dans ses cheveux, penchant sa tête en arrière, inclinant ses lèvres selon son plaisir tandis qu'il pillait sa bouche. Son baiser était désespéré et dévorant, de profonds va-et-vient de sa langue tandis qu'il frottait son bassin contre le sien.

Charlotte gémit dans sa bouche, arquant le dos pour rapprocher ses seins de la chaleur de Noah. Elle poussa un glapissement surpris lorsqu'il la souleva et la porta dans la salle de bain somptueuse de l'hôtel, et la déposa sur le comptoir de marbre.

Noah alluma l'immense douche carrelée, fermée par deux minces feuilles de verre, et appuya sur plusieurs boutons contre le mur. De l'eau fumante jaillit de plusieurs pommeaux de douche, et la pièce commença aussitôt à s'embrumer.

Lorsque Noah se retourna vers elle, l'intensité de son expression fit flancher les genoux de Charlotte. Elle lui tendit les bras, suscitant chez lui un grondement qui résonna dans toute la salle de bain. Noah se déshabilla rapidement, sans danse aguichante ni séduction. Charlotte sentit néanmoins son pouls s'accélérer et ses yeux s'agrandir tandis qu'elle contemplait chaque pouce de son corps hâlé et musclé, dur et avide d'elle. Elle se mordit la lèvre tandis que ses yeux plongeaient vers la longueur dure et épaisse de sa queue.

Elle sursauta lorsque Noah combla l'espace entre eux, saisit l'ourlet de sa robe et le tira brusquement vers le haut, la retirant en deux gestes saccadés. Il lui ôta son soutien-gorge et sa culotte de la même manière, avec des gestes si brusques qu'il déchira carrément son minuscule shorty noir.

Charlotte était incapable de bouger, sous l'emprise de son charme. Elle ne le quitta pas des yeux tandis qu'il jetait ses vêtements au sol, complètement absorbé par l'avidité sombre et farouche qui émanait du regard de Noah, menaçant de les brûler vifs tous les deux. Charlotte frémit en réalisant qu'une part d'elle-même en avait très, très envie.

Lorsque Noah la saisit par les hanches et la souleva à nouveau, sa queue plaquée contre la douceur de son ventre tandis qu'il la portait sous la douche, Charlotte réalisa à quel point elle mouillait pour lui. Il la déposa debout au milieu de la douche, à l'endroit précis où trois jets d'eau distinct se rejoignaient, et la contempla fixement pendant plusieurs longues secondes.

« Qu'est-ce que tu m'as fait ? » demanda Noah, d'une voix qui était à peine plus qu'un grondement dans sa poitrine. Ses yeux scrutaient son visage, examinaient ses seins nus, mais il semblait s'adresser davantage à lui-même qu'à elle.

« Noah — » commença Charlotte, mais voilà qu'il l'embrassait à nouveau, ses lèvres entrouvrant les siennes, sa langue plongeant à la rencontre de la sienne dans un rythme tendre et brutal qui lui était unique. L'eau chaude se déversait sur eux, rendant jusqu'au plus minuscule contact infiniment plus agréable.

L'une de ses grandes mains se déploya sur son dos, soutenant sa taille, tandis que l'autre se posait sur son sein et le caressait. Dès l'instant où elle se détendit sous son baiser, il arracha sa bouche à la sienne et se servit du bout de sa langue pour titiller et explorer son oreille, tout en mordillant le lobe avec ses dents. Charlotte poussa un cri et se tortilla, la sensation envoyant de la chaleur liquide dans ses mamelons et tout droit jusqu'à son entrejambe.

Elle glissa un bras autour de son cou et leva un genou, caressant de son pied les lignes dure de sa cheville et de son mollet. Chaque pouce de lui n'était que muscle et, bon sang, ça la tuait. Elle passa sa main libre le long de ses côtes et de sa hanche, en soupirant de désir.

Noah se raidit sous sa caresse, le tressaillement de sa

queue contre son ventre trahissant sa faiblesse. Charlotte leva les yeux vers lui avec un large sourire, recula d'un demi pas et passa un doigt sur le long de se ses abdos saillants, en se léchant les lèvres alors que le désir charnel assombrissait visiblement les yeux de Noah. Lorsqu'elle referma ses doigts sur son érection palpitante, son grand mâle Alpha frémit carrément.

Sa main glissa une seule fois sur sa queue lubrifiée par l'eau, son pouce en balaya une seule fois le sommet arrondi, et il se trouva exactement où elle voulait qu'il fût, tous ses muscles saillants tandis qu'il luttait pour rester immobile et silencieux, en s'accrochant fermement à ses dernières réserves de sang-froid.

Sans se soucier de l'eau qui tombait autour d'elle, Charlotte riva son regard à celui de Noah et se mit à genoux. L'expression de Noah devint dure, presque hostile, mais il ne bougea pas un seul muscle. Charlotte se lécha une fois de plus délibérément les lèvres tandis qu'elle le dévisageait, le mettant directement au défi.

Son grondement dominateur s'interrompit lorsque ses lèvres effleurèrent le bout de sa queue, et s'entrouvrirent pour laisser sa langue effleurer le dessous brûlant et humide du gland. Le bassin de Noah tressaillit tandis qu'il prenait une énorme inspiration et se remis à gronder. Au lieu de l'arrêter, cependant, l'une de ses mains se glissa dans la masse humide de ses cheveux, la maintenant en place.

Charlotte garda les yeux levés droit sur Noah tandis qu'elle ouvrait complètement la bouche et l'avalait aussi profondément qu'elle le pouvait. Il était trop long et trop épais pour le prendre en une seule fois, mais elle referma son poing autour de la base de sa queue et fit lentement aller et venir sa tête, savourant le tourment dans les yeux de Noah.

Ses doigts se resserrèrent dans ses cheveux tandis qu'elle faisait tournoyer sa langue autour du bout à chaque mouvement. Elle agrippa sa hanche d'une main, l'empêchant de s'enfoncer dans sa gorge, bien qu'elle sût qu'il parvenait tout juste à se contrôler. À la place, elle conserva un rythme régulier, suçant et léchant jusqu'à ce que Noah émît un grondement douloureux.

« Charlotte, » siffla Noah en essayant de la repousser.

Elle l'ignora et fit lentement descendre sa main entre ses jambes pour saisir ses bourses et les titiller.

« Charlotte, » répéta-t-il d'une voix désespérée, presque menaçante.

Tout le corps de Noah se mit à vibrer, tendu à craquer, pendant plusieurs longs moments, puis il se raidit et poussa un cri, la queue palpitante tandis qu'il jouissait en donnant de brusques coups de reins dans sa bouche. Le goût piquant et salé de sa semence inonda ses sens tandis qu'elle le léchait et le suçait, le poussant tant que dura sa jouissance.

Charlotte haleta lorsque les mains de Noah la relevèrent et la mirent debout. Si elle s'était attendue à ce qu'il fût repu et détendu, elle s'était lourdement fourvoyée. Sa bouche descendit sur la sienne, aussi dure et exigeante que jamais. Il l'accula contre le mur, la souleva de ses pieds, la maintenant en place à l'aide de son bassin.

Ses lèvres quittèrent les siennes tandis qu'il poussait un grognement de supplicié, tenant son cul d'une main tandis que l'autre explorait son sein. Elle fut stupéfaite de sentir sa queue durcir à nouveau contre son ventre tandis qu'il donnait des coups de reins et se frottait contre sa chair tendre. Charlotte leva les yeux vers lui, captivée par sa sombre expression de détermination avide.

Il glissa une main entre eux, ses doigts trouvant et caressant son clito, attisant les flammes de son désir. Elle sentait encore son goût sur ses lèvres alors que ses doigts glissaient vers le bas pour toucher son entrejambe, glissant profondément un doigt épais à l'intérieur. Elle poussa un cri et griffa ses épaules de ses ongles, avide d'autre chose.

Noah empoigna sa queue et la pénétra d'un coup de reins, l'étirant et la remplissant sans hésitation. Cette fois, il n'y eut pas de progression en douceur, pas de préparation tandis qu'il s'enfonçait brutalement dans son passage glissant, lui coupant le souffle ainsi que toute pensée tandis qu'il bougeait en elle.

Les mains de Noah trouvèrent ses hanches, la maintenant contre la paroi de la douche tandis qu'il la martelait, frissonnant et haletant. Le carrelage froid contre son dos, l'eau chaude qui se déversait de Noah sur ses seins, la sensation de ses mamelons contre son torse, l'air de concentration totale sur son visage... Charlotte était une flamme vive, ses lèvres et ses dents explorant son cou et son épaule tandis qu'il la baisait, sa queue touchant chaque point sensible à l'intérieur de son corps. Il la revendiquait, la marquait, prenait et donnait tout ce qu'elle avait toujours connu.

« Noah ! » s'écria-t-elle alors que son corps se tendait, et que ses muscles intérieurs frémissaient. Elle jouit sans prévenir, les entraînant tous deux dans sa chute, son cri à lui se mêlant au sien dans l'air chargé de vapeur. Pendant plusieurs instants, elle n'eût conscience de rien, hormis de la vague de plaisir liquide et brûlante sur ses seins, son entrejambe et ses lèvres.

Lorsqu'elle s'affaissa enfin contre Noah, il reposa ses jambes, et tous deux se tinrent debout, vacillants, sous le jet de la douche qui refroidissait désormais. Ils s'appuyèrent l'un contre l'autre, en respirant avec difficulté, jusqu'à ce que Charlotte frissonne. Noah l'entraîna alors hors de la douche, l'attirant à lui et la soulevant. Il l'enveloppa d'une épaisse serviette moelleuse et la porta jusqu'au lit. Il la déposa, et disparut un instant pour revenir enveloppé lui aussi d'une serviette, en plus de celle qu'il apportait pour la déployer sous l'oreiller de Charlotte.

Noah écarta l'édredon et grimpa dessous, et Charlotte le suivit, docile comme un agneau. Il l'enveloppa dans ses bras avec un soupir, l'installant à ses côtés. Il ne fallut que quelques instants à Charlotte pour basculer dans un long sommeil sans rêve.

23

Lorsque Noah se réveilla, Charlotte était assise dans le fauteuil près de la fenêtre, et regardait fixement son téléphone d'un air maussade. Elle portait une de ses chemises, dont un seul bouton était fermé juste sous ses seins, et aussitôt, Noah eut de nouveau envie d'elle, et son corps se durcit. Cependant, l'expression de son visage l'empêcha de lui sauter dessus.

« Tu as des nouvelles ? » demanda-t-il tandis qu'il se levait et s'étirait. Charlotte admira sa nudité en haussant un sourcil avec un sourire médusé, et secoua la tête.

« Rien pour l'instant. Je deviens un peu folle, » reconnut-elle.

Noah sortit un caleçon propre et un T-shirt de sa valise et les enfila avant de s'asseoir sur le fauteuil en face de la sienne. Il repoussa sa mallette sur un coin de la table et se pencha par-dessus le plateau pour lui prendre la main.

« Je n'arrive pas à croire que tu fasses ça avec tous tes patients. Ça tuerait quelqu'un de normal, » lui dit Noah.

Elle rougit et secoua à nouveau la tête.

« Je ne le fais pas avec tous. Je veux dire, chaque patient compte à mes yeux. Mais Max est spécial pour moi.

— Je vois pourquoi. C'est un gamin incroyable, vraiment intelligent. Il a bon cœur, sous toute cette peine et toute cette colère du fait de dépendre de l'assistance publique. Je n'arrive pas à croire que ses semblables ne s'occupent pas de lui, » grommela Noah.

La poitrine de Charlotte se souleva tandis qu'elle prenait une profonde inspiration. Elle tourna son éblouissant regard saphir vers Noah, figeant pratiquement les battements de son cœur.

« J'ai rempli les papiers pour devenir parent adoptif. Je suis juste trop lâche pour les déposer, » dit-elle.

Noah resta carrément bouche bée. Il s'était attendu à l'entendre dire toutes sortes de choses, mais ça, ça n'en faisait certainement pas partie.

« Tu… tu veux adopter Max ? » demanda-t-il en s'efforçant de conserver une voix égale. Il laissa l'idée faire son chemin, imaginant Max dans le jardin devant la maison de Charlotte, les imaginant tous les deux bras dessus, bras dessous. C'était mignon, mais…

« J'ai rempli les papiers la dernière fois qu'il a été hospitalisé. J'ai fait beaucoup de recherches, et… »

Charlotte haussa les épaules, retirant sa main et baissant les yeux vers ses genoux.

« Pourquoi est-ce que tu ne l'as pas fait ? »

Elle leva les yeux, surprise.

« C'est une grosse responsabilité, dit-elle. Il faudrait que je vende ma maison et que je prenne quelque chose de plus grand, de plus proche d'un endroit où il y a des écoles. Et je travaille beaucoup, donc ce serait très dur. »

Sans laisser à Noah le temps d'ajouter quoi que ce fût, Charlotte se secoua brusquement.

« Est-ce qu'on pourrait ne plus parler de ça ? Ça me semble un peu morbide. »

Noah la regarda de la tête aux pieds, en soupirant intérieurement devant son malaise.

« J'aimerais te montrer quelque chose, » dit-il. Il ouvrit sa mallette et en sortit son ordinateur portable pour ouvrir son dossier de photos le plus récent. Il tourna l'ordinateur vers Charlotte et sourit en voyant la manière dont ses yeux s'agrandissaient.

« C'est toi qui les as prises ? demanda-t-elle en faisant défiler des dizaines de photos de Max.

— C'est moi.

— Elles sont formidables. On ne dirait même pas qu'il est malade ! dit-elle.

— Je lui ai demandé si je pouvais l'interviewer, et sa condition, c'était d'avoir l'air en bonne santé sur les photos. Je les ai un peu retouchées, » admit Noah.

Charlotte leva les yeux vers elle en se mordant la lèvre. Elle hésita, puis prit une brusque inspiration.

« Est-ce que je peux lire ton interview ? demanda-t-elle d'une voix à peine plus forte qu'un murmure.

— Bien sûr, » dit Noah. Il ouvrit le document puis se leva. « Je vais prendre une douche. Fais comme chez toi. »

Noah se traîna jusqu'à la douche, de plus en plus agacé par son incapacité à laisser Charlotte seule pour quelques minutes. Elle commençait probablement à en avoir marre de lui. Il exécuta donc les gestes nécessaires pour prendre une douche, frottant et rinçant, tout en essayant de ne pas soupirer comme un écolier transi d'amour. Cette pensée l'arrêta, le fit froncer les sourcils, puis se frapper la tête contre le carrelage frais du mur. Le mot *amour* ne faisait pas partie du vocabulaire de Noah.

« Je suis complètement foutu, dit-il tout haut. Carrément foutu de chez foutu si je pense seulement à ce mot-là. »

Il éteignit la douche et se sécha, puis noua une serviette autour de sa taille. À la seconde où il sortit de la salle de bain, Charlotte faillit lui faire faire une crise cardiaque. Elle se jeta dans ses bras, et lui donna un long baiser désespéré. Lorsqu'elle noua ses bras et ses jambes autour de Noah et l'entraîna sur le lit, il n'opposa pas le moindre soupçon de résistance. Tout agacement quant à un certain mot de cinq lettres prit la fuite, chassé par les charmes indiscutables et considérables de Charlotte.

24

« J'ai l'impression d'avoir le cerveau plein de bouillie, ronchonna Charlotte en serrant son corps nu et humide de sueur contre celui de Noah.

— C'est vrai ? J'avais cette impression il y a deux orgasmes de ça, » l'informa Noah.

Charlotte gloussa et pressa ses lèvres contre les siennes. Il ne l'avait jamais vue le cœur si léger, et ça le rendait heureux. Plus heureux qu'il ne l'avait été depuis qu'il avait atterri sur le sol américain, en réalité. Il supposait néanmoins qu'il fallait qu'ils fassent autre chose que baiser. Charlotte avait paru un peu endolorie au début du dernier tour, et s'ils ne quittaient pas bientôt le lit il allait se la faire à nouveau de toute façon. Coquine comme elle l'était, elle le laisserait probablement faire.

« D'accord. Qu'est-ce qu'il y a au menu, aujourd'hui ? Est-ce que tu travailles ? demanda-t-il.

— Non, renifla Charlotte. C'est bien le moment de poser la question, vu qu'il est probablement midi. Enfin, bon, je crois que je devrais aller prendre des nouvelles de Max. Après hier...

— On devrait y aller, tu veux dire, » dit Noah en la regardant.

Le sourire hésitant de Charlotte fit faire des choses désagréables à son estomac.

« Très bien, acquiesça-t-elle.

— Je crains que ça ne signifie que tu doives enfiler des vêtements, » lui dit-il en fronçant les sourcils.

Charlotte éclata de rire et leva les yeux au ciel, lui offrant une vue alléchante tandis qu'elle descendait du lit et trouvait ses vêtements. Là où elle le menait, Noah ne pouvait que suivre, aussi se leva-t-il et s'habilla-t-il, lui aussi.

Tandis qu'il se rendait en voiture à l'Hôpital des Enfants, Noah débordait d'énergie nerveuse. Il n'arrivait pas à chasser de son esprit l'image de Charlotte et Max dans les bras l'un de l'autre, comme si elle avait été gravée au fer rouge au fond de son cerveau. Il avait l'impression d'être au bord de quelque chose, mais il avait envie de tout sauf d'explorer plus. Il avait quitté son travail itinérant, il avait trouvé une fille pour laquelle il éprouvait peut-être bien des sentiments sérieux... Il était déjà en dehors de sa zone de confort. Sacrément en dehors, en fait.

« Quoi ? demanda Charlotte en posant sur lui un regard sceptique.

— Quoi ? demanda-t-il.

— Tu n'arrêtes pas de pousser ces gros soupirs. Tu veux partager ? »

Noah haussa un sourcil et pinça les lèvres.

« Certainement pas, dit-il. Et regarde, on est déjà arrivés. »

Il se gara sur une place de parking et sortit d'un bond pour ouvrir la portière de Charlotte. Elle lui lança un regard entendu, mais ne s'attarda pas sur la question. Noah prit la main de Charlotte et ils montèrent à l'étage ; il connaissait déjà le chemin.

« Le poste des infirmières est vide, » nota Charlotte en fronçant les sourcils.

Ils le dépassèrent et s'arrêtèrent devant la chambre de Max. Trouvant la porte close, Noah tendit la main et frappa. Pas de réponse. Noah ouvrit la porte en grand et se figea sur place en la trouvant parfaitement vide.

« Max ? » appela-t-il, avec l'impression d'être un idiot au moment même où le mot sortait de sa bouche.

Noah entra dans la chambre, Charlotte sur ses talons, agrippée à son bras.

« Non, murmura-t-elle. Non, non, non ! »

Noah baissa les yeux vers Charlotte qui se recroquevillait sur elle-même. Il la saisit alors qu'un sanglot jaillissait de sa poitrine, et que ses yeux devenaient fous tandis qu'elle balayait la chambre du regard.

« On est arrivés trop tard, articula-t-elle. Il ne saura même jamais…

— Chérie, tu ne sais pas — tenta Noah.

— Il est *mort*, Noah ! On est arrivés trop tard ! » cria Charlotte.

Elle leva les yeux vers lui, anéantie. À cet instant, Noah revit cette image d'elle et Max. Mais cette fois, il était de l'autre côté de Max, et tous trois rayonnaient. Cette idée, cette même image que Noah repoussait depuis qu'ils étaient allés à la plage, le frappa comme un coup de poing dans le ventre. Le fait de regarder ce même sentiment se répandre sur le visage de Charlotte lui brisa le cœur.

Il la prit dans ses bras et la serra étroitement contre lui.

« Je suis vraiment désolé, ma chérie, murmura-t-il contre ses cheveux. Je suis vraiment désolé. Si je ne l'avais pas emmené dehors hier…

— Bon sang, qu'est-ce que vous faites ici, tous les deux ? » fit une voix d'homme.

Noah et Charlotte se retournèrent et tombèrent sur un petit homme aux cheveux argentés debout dans la porte. Il portait une longue blouse blanche de médecin et tenait une pile de graphiques.

« Dr Rivers, dit Charlotte d'une voix vacillante.

— Vous ne travaillez pas, » dit-il. C'était davantage un constat qu'une question. Il observa un instant Noah, puis regarda la pièce autour de lui. Il sembla soudain se rendre compte de quelque chose et s'éclaircit la gorge.

« Ah. Votre jeune ami Max, dit-il. Il a été transféré dans le service D. »

Noah poussa un grognement de surprise. Charlotte s'agrippa à son bras, en enfonçant ses ongles dans sa peau.

« Transféré ? répéta-t-elle.

— Votre amie Connie l'a inclus dans le nouvel essai de chimiothérapie qui est sur le point de commencer. J'ai entendu dire qu'ils avaient des résultats remarquables. J'aimerais pouvoir y faire entrer davantage de mes patients, dit le Dr. Rivers en penchant la tête.

— J'ai cru — Charlotte fit volte-face et se jeta à nouveau dans les bras de Noah, le corps à nouveau agité de sanglots.

— Je vous laisse continuer, dit le médecin, qui leur lança un coup d'œil désapprobateur en partant.

— Là, là, dit Noah, s'efforçant de l'apaiser. Tout va bien, ma chérie. »

Charlotte se calma dans son étreinte et prit une inspiration rauque.

« Les papiers, dit-elle en levant vers lui son visage strié de larmes.

— Quels papiers ? demanda-t-il en repoussant une mèche de cheveux de son visage.

— Il faut que je dépose les papiers pour l'adoption, » dit-elle, le front plissé.

Noah hésita pendant un très bref instant avant de secouer la tête.

« Je crois que tu devrais attendre quelques jours, » dit-il.

Charlotte ouvrit de grands yeux tandis que grimpait sa colère. Elle posa une main sur son torse, sur le point de le repousser, mais il bloqua sa main et la retint là.

« Je crois qu'on devrait d'abord remplir d'autres papiers, » dit-il.

Charlotte resta bouche bée. Elle le regarda comme s'il était devenu fou.

« Est-ce que tu... quoi ? demanda-t-elle, confuse.

— Charlotte, je veux que tu sois ma partenaire. »

Sa bouche s'ouvrit et se referma plusieurs fois tandis qu'elle bafouillait.

« Tu es juste... tu ne le penses pas ! accusa-t-elle.

— J'en pense chaque mot. Tu es splendide, impétueuse et aimante, et curieusement, tu arrives à me tolérer. Je ne vois aucune femme qui me convienne mieux. Et toi ? demanda Noah, incapable de résister à l'envie de la taquiner un peu.

— Et Max, alors ? demanda-t-elle, ses grands yeux bleus s'emplissant à nouveau de larmes.

— Eh bien, c'est pour ça que tu devrais attendre. Jusqu'à ce qu'on ait les papiers du mariage humain, je veux dire. On devrait officialiser ça, pas vrai ? »

Pendant une longue série de secondes déchirantes, Noah ne sut pas trop si elle allait accepter ou lui flanquer son poing dans la figure. Ses lèvres tremblaient, et une seule larme coula le long de sa joue. Il tenait sa main contre sa poitrine, directement au-dessus de son cœur et retenait son souffle. Plus que ça ; pour la première fois de sa vie, Noah Beran *priait* véritablement pour que Charlotte accepte sa proposition.

« Oui, finit par murmurer Charlotte.

— Oui ? » demanda Noah, le visage illuminé par un large sourire. L'horrible sensation au creux de son estomac s'évanouit tandis qu'il regardait un sourire plein d'espoir illuminer les yeux de Charlotte.

« Oui, oui, » rit Charlotte en s'essuyant le visage.

Noah passa ses bras autour d'elle et la souleva, l'embrassant de tout son cœur. Lorsqu'il la reposa sur ses pieds, ils étaient tous deux à bout de souffle.

« Commençons par le début, lui dit-il. On rend visite à Max, et ensuite… » Il regarda sa montre. « On pourra toujours aller au tribunal cet après-midi. Ça ne te gênera pas trop si on signe les papiers avant que tu ne choisisses une bague, pas vrai ? »

Charlotte eut un rire mouillé et secoua la tête.

« Tant que tu continues de m'embrasser comme ça, je pense pouvoir laisser passer. »

Noah ne put rien faire hormis obéir à la femme qui était destinée à être sa seule et véritable partenaire.

VOUS EN VOULEZ ENCORE ?

Pas si vite ! Ces ours Alpha chauds comme la braise n'ont pas fini de vous faire frémir. Le Salut de Gavin, la troisième histoire longue dans la série des Ours de Red Lodge, désormais disponible sur Amazon ! **Tournez la page pour un aperçu.**

LE SALUT DE GAVIN

« *V*iens ici, dit Gavin à Faith. Laisse-moi te tenir dans mes bras. »

Il l'attira à lui et se tourna de manière à ce que son dos reposât contre le rebord de la piscine. Il l'embrassa profondément en faisant glisser ses mains de sa taille à ses côtes, attendant que son souffle ralentisse à nouveau pour faire remonter ses mains et les poser sur la rondeur de ses seins.

Faith réagit aussitôt, en poussant un doux gémissement tandis qu'elle se tendait vers ses caresses.

« J'aime bien ce bruit que tu fais, Faith, l'encouragea-t-il. C'est trop sexy. Gémis pour moi, Faith. »

Il effleura ses mamelons de ses pouces, en se rapprochant jusqu'à ce que son érection soit plaquée contre son ventre. Elle poussa un autre petit gémissement, et ses yeux se fermèrent lentement, tandis qu'elle passait brièvement sa langue sur ses lèvres humides. Il effleura de ses lèvres son cou, sa clavicule, la mettant en condition pour la suite.

Gavin s'empara de sa bouche et lui mordilla la lèvre inférieure, en savourant le glapissement de plaisir qui lui échappa. Il la souleva par la taille et l'installa sur le bord de la piscine. Sans lui laisser le temps de se tortiller où de déplorer sa nudité, Gavin souleva l'un de ses seins tendres et déposa des baisers brûlants juste au bord du cercle rosé de son mamelon.

« Oh ! » s'écria-t-elle en lui griffant les épaules de ses ongles.

Son petit rire très viril fut presque plus qu'elle n'en pouvait supporter.

DU MÊME AUTEUR

Les Guardiens Alpha

Ne vois aucun mal

N'entends aucun mal

Ne dis aucun mal

L'Ours éveillé

L'Ours ravagé

L'Ours règne

***

Ours de Red Lodge

Le Commandement de Josiah

L'Obsession de Luke

ALSO BY KAYLA GABRIEL (ENGLISH)

Alpha Guardians

See No Evil

Hear No Evil

Speak No Evil

Bear Risen

Bear Razed

Bear Reign

Red Lodge Bears

Luke's Obsession

Noah's Revelation

Gavin's Salvation

Cameron's Redemption

Josiah's Command

Werewolf's Harem

Claimed by the Alpha - 1

Taken by the Pack - 2

Possessed by the Wolf - 3

Saved by the Alpha - 4

Forever with the Wolf - 5

Fated for the Wolf - 6

ÀPROPOS DE L'AUTEUR

Kayla Gabriel vit dans la nature sauvage du Minnesota où elle jure apercevoir des métamorphes dans les bois qui bordent son jardin. Ce qu'elle aime le plus dans la vie, ce sont les mini marshmallows, le café et les gens qui se servent de leurs clignotants.

Contactez Kayla par
e-mail: kaylagabrielauthor@gmail.com et assurez-vous de vous procurer son livre GRATUIT :
https://kaylagabriel.com/bulletin-francais/
http://kaylagabriel.com

BULLETIN FRANÇAISE

REJOIGNEZ MA LISTE DE CONTACTS POUR ÊTRE DANS LES PREMIERS A CONNAÎTRE LES NOUVELLES SORTIES, OBTENIR DES TARIFS PREFERENTIELS ET DES EXTRAITS

https://kaylagabriel.com/bulletin-francais/

www.ingramcontent.com/pod-product-compliance
Lightning Source LLC
LaVergne TN
LVHW011839060526
838200LV00054B/4103